Quando eu morder a palavra

entrevistas com **Conceição Evaristo**

e guia de leitura das suas obras

VAGNER AMARO
HENRIQUE MARQUES SAMYN

Quando eu morder a palavra
entrevistas com Conceição Evaristo
e guia de leitura das suas obras

Segunda edição revista e ampliada

Todos os direitos desta edição reservados à Malê Editora e Produtora Cultural Ltda.
Direção: Francisco Jorge & Vagner Amaro

Quando eu morder a palavra: entrevistas com Conceição Evaristo e guia de leitura das suas obras
ISBN: 978-65-85893-03-9
Capa: Dandarra Santana
Diagramação: Maristela Meneghetti
Revisão: Carla Post
Foto de capa: Lissandra Pedreira

Texto revisado segundo o novo Acordo Ortográfico da Língua Portuguesa.
Proibida a reprodução, no todo, ou em parte, através de quaisquer meios.

Dados internacionais de catalogação na publicação (CIP)
Vagner Amaro – Bibliotecário - CRB-7/5224

```
A485q   Amaro, Vagner
            Quando eu morder a palavra: entrevista com
        Conceição Evaristo e guia de leitura das suas
        obras / Vagner Amaro, Henrique Marques Samyn
        — Rio de Janeiro : Malê, 2023.
            128 p.
            ISBN 978-65-85893-03-9
            1. Evaristo, Conceição (1946 —)
            2. Escritoras negras 3. Escrevivência I. Título
                                        CDD B869
```

Índice para catálogo sistemático: 1. Literatura brasileira B869

Editora Malê
Rua Acre, 83, sala 202, Centro. Rio de Janeiro (RJ)
www.editoramale.com.br
contato@editoramale.com.br

Quando eu morder
a palavra,
por favor,
não me apressem,
quero mascar,
rasgar entre os dentes,
a pele, os ossos, o tutano
do verbo,
para assim versejar
o âmago das coisas.

Conceição Evaristo
Da calma e do silêncio (trecho)

SUMÁRIO

Apresentação 9

Entrevistas 15

Guia de leitura

Cinco princípios para ler a obra de Conceição Evaristo 53

Ponciá Vicêncio 59

Becos da Memória 69

Insubmissas lágrimas de mulheres 77

Poemas da recordação e outros movimentos 85

Histórias de leves enganos e parecenças 95

Canção para ninar menino grande 103

Macabéa: Flor de Mulungu 115

A obra(-mar) de Conceição Evaristo e (os rios d)a tradição negra: síntese e ruptura 123

APRESENTAÇÃO

Conceição Evaristo (Maria da Conceição Evaristo de Brito) nasceu em 1946 na cidade de Belo Horizonte, em Minas Gerais. Ainda menina, no Grupo Escolar Barão do Rio Branco, em Belo Horizonte, teve seu primeiro envolvimento com a leitura literária, como afirmou em entrevista:

> Meu primeiro envolvimento com a leitura literária foi na escola, o livro didático trazia textos literários, que davam conta do meu desejo, naquele momento. Lembro, também, que li no primário *A bonequinha preta* e *O bonequinho doce*, ambos de Alaíde Lisboa de Oliveira. O livro didático trazia muita poesia, eu gostava de decorar as poesias e recitar. Havia muitos concursos de leitura, havia um momento durante o período de aula, em que todas as classes iam para o galpão da escola e era sorteada quem iria ler. Eu dava a sorte de algumas vezes ser sorteada. Eu ficava treinando a leitura em casa. Então, foi uma sedução que começou no primário, no Grupo Escolar Barão do Rio Branco, em Belo Horizonte."[1]

Quando jovem, a escritora participou dos movimentos da JOC, (Juventude Operária Católica), e seguiu seus estudos no Curso

---

1 EVARISTO, Conceição. Conceição Evarsito: uma escritora popular brasileira. Biblioo – Cultura informacional, Rio de Janeiro. 2018. Disponível em: https://biblioo.info/entrevista-conceicao-evaristo/

Normal no Instituto de Educação de Minas Gerais. Posteriormente, passou a exercer o magistério por muitos anos na rede pública de ensino do Rio de Janeiro. Graduou-se em Letras pela UFRJ e, na década de 1980, participou de grupos literários ligados aos movimentos negros, como o Grupo Negrícia, que se reunia no Instituto de Pesquisas em Culturas Negras – IPCN, no bairro Centro, no Rio de Janeiro. Do Grupo Negrícia também fizeram parte escritores como Salgado Maranhão, Éle Semog e Elisa Lucinda.

A estreia da escritora na literatura se deu em 1990, com a publicação do poema *Vozes-mulheres* na coletânea periódica Cadernos Negros, que desde 1978 dedica-se a publicar diversos escritores e escritoras negros. Na PUC-Rio, fez o mestrado em Literatura brasileira, que concluiu em 1996, com a dissertação *Literatura Negra: uma poética de nossa afro-brasilidade*. O primeiro romance escrito por Conceição Evaristo, *Becos da Memória*, ficou vinte anos aguardando para ser publicado; o segundo, *Ponciá Vicêncio*, oito anos. Buscando quebrar o bloqueio editorial destinado aos escritores negros, a escritora resolveu publicar com recursos próprios, em 2023, o romance *Ponciá Vicêncio*, e em 2006, o romance *Becos da Memória*.

Conceição Evaristo concluiu o doutorado em Literatura Comparada em 2011, na Universidade Federal Fluminense, com a tese *Poemas malungos, cânticos irmãos*, na qual estudou as obras poéticas dos escritores afro-brasileiros Nei Lopes e Edimilson de Almeida Pereira em comparação com a do escritor angolano Agostinho Neto.

Títulos da escritora como *Insubmissas lágrimas de mulheres*, *Becos da Memória* e *Ponciá Vicêncio* estiveram fora de catálogo por alguns anos. Porém, atualmente, todos os seus livros estão disponíveis, alguns traduzidos, outros em processo de tradução, e seus textos passaram a figurar nos livros didáticos. Outro destaque da sua trajetória literária é a vasta produção acadêmica sobre a sua obra, teses, dissertações e artigos, além de livros como *Escrevivências: identidade, gênero e violência na obra de Conceição Evaristo* (Editora IDEA, 2016; Malê, 2021), do Grupo de Pesquisa Letras de Minas e *Escrevivência: a escrita de nós: reflexões sobre a obra de Conceição Evaristo*, organizado por Constância Lima Duarte e Izabela Rosado Nunes e *A poesia negra-feminina de Conceição Evaristo, Lívia Natália e Tatiana Nascimento*, escrito por Heleine Fernandes de Souza.

A bibliografia de Conceição Evarsito contempla os seguintes títulos: **Obras individuais** - *Ponciá Vicêncio* (2003/2006); *Becos da Memória* (2006/2018), Ponciá Vicêncio (2008) – tradução para língua inglesa, Host Publications, Texas, Estados Unidos; *Poemas de recordação e outros movimentos* (2008/2018); *Insubmissas lágrimas de mulheres* (2011/2017); *Olhos d'água* (2014); *Histórias de leves enganos e parecenças* (2016), *Ponciá Vicêncio* (2015) e *Becos da Memória* (2016) — tradução francesa pela Editora Anacaona; *Poemas da recordação e outros movimentos* (2019), tradução francesa pela Editora Des femes-Antoinette Fouque. *Canção para ninar menino grande* (2018/2023), *Macabéa: Flor de Mulungu* (2023).

Desde eventos como o Prêmio Jabuti, recebido em 2015, pelo livro de contos, Olhos d'água (Pallas); o lançamento do livro Histórias de leves enganos e parecenças (Malê), em 2016; a exposição Ocupação Conceição Evaristo, no Itaú Cultural; a reedição da sua obra completa; e a participação na programação principal da Flip – Festa Literária Internacional, em 2017, Conceição Evaristo tem recebido atenção midiática pela literatura que produz, marcada pela afro-brasilidade, por ser uma figura essencial e qualificada para expor as distorções do campo literário brasileiro, por questionar as desigualdades sociais no Brasil e por ser uma porta-voz respeitada ao denunciar a situação de vulnerabilidade das mulheres negras no que se refere aos direitos humanos. Como escritora que lida com a formulação de sentido e de imagens, Conceição Evaristo nos convoca a refletir sobre o imaginário da sociedade brasileira, impregnado de preconceitos em relação à população negra.

O ano de 2018 foi marcado na trajetória da autora por uma campanha espontânea popular e inédita, para que ela fosse eleita membro da Academia Brasileira de Letras. Até então, nenhum outro candidato à ABL teve uma campanha espontânea com tantas adesões, como também foi inédito o uso dos aplicativos sociais (facebook, instagram e twitter) e de petições virtuais em favor da sua candidatura. Apesar de todo apelo popular, Conceição Evarsito não foi eleita, e a cadeira foi ocupada pelo cineasta Cacá Diegues. Sobre a campanha popular e o fato de ter se inscrito para concorrer, a escritora afirmou:

> Essa decisão foi tomada a partir do conclamado externamente. Perceber que existe um grupo de leitoras e leitores que me colocam nesse lugar foi muito revelador, inclusive da potência da minha literatura. Meu texto é capaz mesmo de convocar a coletividade, pensando nos afro-brasileiros, e em leitores que têm uma história diversa da minha. Homens, mulheres, negros, brancos. Não se trata de um texto apenas de uma mulher negra, mas de um grupo social, étnico e de gênero que ocuparia um lugar dentro de uma Academia que se supõe diversa, que representa uma literatura nacional. Esse lugar também é nosso.[2]

---

2 EVARISTO, Conceição. Esse lugar também é nosso. Revista PUCRS, Porto Alegre. 2018. Disponível em: https://www.pucrs.br/revista/esse-lugar-tambem-e-nosso/

Um dos grandes destaques da trajetória da escritora Conceição Evaristo é a formulação teórica para o conceito de Escrevivência. A escritora começou a formular o conceito enquanto cursava o mestrado e partir de um entendimento que a sua escrita não se desvencilha da sua condição de negra. Sobre *Escrevivência*, a autora afirma:

> Olha, tudo que eu escrevo, seja o texto literário em si, a criação literária em si, como também o ensaio, a minha dissertação de mestrado, minha tese de doutorado, tudo é profundamente marcado pela minha condição de mulher negra na sociedade brasileira, a minha subjetividade está ali presente em todos os meus textos, e é uma subjetividade que é formada, que é conformada de acordo justamente com a minha condição de mulher negra, ou seja, esse meu corpo que não esconde a minha negrura física, esse meu corpo, também, que carrega todas as possibilidades e todas as interdições, que esse meu corpo físico me proporciona e me provoca, quando eu tenho a minha criação eu não me desvencilho desse corpo, sou eu Conceição Evaristo, mulher negra, oriunda das classes populares, mãe de Ainá, professora, então todas estas identificações, de maneira consciente ou inconsciente vão contaminar o meu texto.

Quando eu morder a palavra: entrevistas com Conceição Evarsito e guia de leitura da sua obra reúne três entrevistas realizadas com a autora, a primeira, em 2016, por ocasião da redação do artigo *O edital de apoio à coedição de livros de autores negros*, a segunda, em 2017, no Encontro Malê no Centro Cultural Banco do Brasil e a última, em 2018, no Parque das Ruínas, em Santa Teresa, no Rio de Janeiro. Incluo também diálogos realizados na aula inaugural do curso de Letras da PUC-Rio, em 2020 e na Casa Estante Virtual, na Flip – Festa

Literária Internacional de Paraty, em 2023.. Além das entrevistas, a obra apresenta guias de leitura dos livros publicados por Conceição Evaristo, elaborados pelo pesquisador e escritor Henrique Marques Samyn. Pretende-se com o livro oferecer um panorama de iniciação para a trajetória literária de uma das mais importantes escritoras da literatura brasileira.

Vagner Amaro
Doutor em Letras — Literatura, Cultura e Contemporaneidades (PUC-Rio)

ENTREVISTAS

Entrevista no Parque das Ruínas, em 15 de março de 2018.

Entrevista no Centro Cultural Banco do Brasil, em 17 de maio de 2017.

ENTREVISTA COM CONCEIÇÃO EVARISTO – POR VAGNER AMARO

— *Em 15 de março de 2018, no Parque das Ruínas, em Santa Teresa.*

Conceição, primeiro, eu gostaria que a senhora comentasse sobre o início do seu envolvimento com a leitura literária?

O meu envolvimento com a leitura literária aconteceu na escola. O livro didático trazia textos literários. Na infância eu li, ainda no primário, o livro *A bonequinha preta*, da Alaíde Lisboa de Oliveira, e *O bonequinho doce*, que também era de Alaíde Lisboa de Oliveira. O livro didático trazia muita poesia. Lembro que eu gostava muito também de decorar as poesias e recitar. Havia muito concurso de leitura, em um determinado momento, durante o período de aula, todas as classes da mesma série iam para o galpão da escola e ali se sorteava quem ia ler. Eu dava a sorte de, algumas vezes, ser sorteada. Então, eu lia. A gente nunca sabia quem ia ser sorteada e eu ficava treinando a leitura em casa. Então, foi uma sedução que começou desde o primário no Grupo Escolar Barão do Rio Branco, em Belo Horizonte.

Nessa escola tinha biblioteca, a senhora já frequentava bibliotecas?

Tinha biblioteca e eu lembro até hoje o nome da bibliotecária, era

Luzia Machado Brandão e há um episódio interessante. Quando eu terminei a quarta série teve um concurso de literatura e eu ganhei como a melhor redação. O título da redação era *Porque me orgulho de ser brasileira*. E houve um certo movimento das professoras que não queriam me conceder o prêmio, porque, na verdade, eu tinha sido durante todo o primário uma aluna não muito disciplinada. Eu questionava, eu brigava, eu queria participar de tudo. A minha mãe, dentro das possibilidades dela, tomava as dores das filhas e ia na escola reclamar. Quando se decidiu que esse prêmio seria concedido à aluna Maria da Conceição Evaristo houve um certo movimento. Eu me lembro que essa professora de literatura e de biblioteca, depois, contou para a minha mãe (minha mãe era a lavadeira dela) que eles não queriam me dar o prêmio. E como ela era professora de biblioteca, ela falou, "Bom, então se o prêmio não for dado para essa aluna, não teremos esse prêmio", e aí não teve jeito. Primeiro, porque foi uma redação muito bonita para uma menina de onze anos. Eu ganhei e me lembro do dia da formatura, eu li essa redação, o meu convencimento foi tão grande. O prêmio era um missal, que as pessoas hoje não conhecem muito, mas é um livrinho que você acompanhava a missa. Eu me lembro que escrevi no missal "Lembrança do meu segundo passo para a glória". Acho que eu considerava o primeiro passo ter terminado o primário e o segundo passo foi o prêmio de literatura.

A senhora sonhava em ser escritora?

Não. Na verdade, em todo o meu período de infância e de juventude nunca sonhei em ser escritora. Meu sonho era ser professora. Isso foi o que eu percebi desde cedo, eu queria ser professora. Mas sempre escrevi sem saber o que iria acontecer, até porque oriunda de classes populares, nascida numa favela, vinda de uma família negra, esse ideal de ser escritora não fazia parte do meu objeto de desejo. Na verdade, eu lia os textos e nem me perguntava quem estava atrás daquele texto, quem escrevia as histórias. Esse conceito de escritor e de escritora era uma coisa muito vaga. Já na minha juventude, fui amadurecendo, fazendo outras leituras, conhecendo outros escritores e escritoras. Mas, me pensar como escritora, talvez, isso só tenha acontecido realmente muito mais tarde, já no Rio de Janeiro.

A senhora já comentou que em sua escola havia uma distribuição dos alunos por notas e classe social e que, em determinado momento, por suas boas notas, a senhora passou a estudar com um outro grupo. Poderia comentar um pouco sobre este momento?

Acho que todas as crianças pobres da escola tinham esse desejo de estudar no segundo andar, porque era justamente no segundo andar que ficavam as classes dos meninos e dos alunos que ganhavam medalha, que passavam sem repetir o ano. Porque essa escola era e ainda é em um bairro de classe média alta. Então, no segundo andar não estudavam os meninos que vinham da favela e dos bairros pobres, que era o meu caso. Eu passei todo o meu primário querendo estudar no segundo andar, só na quarta série que eu passei pra lá e foi uma vitória, uma conquista, foi um momento importante para a minha autoestima, mas também, ao mesmo tempo, era uma ou outra criança pobre e negra que estudava no segundo andar da escola.

No meu período escolar, eu percebi uma gradativa redução da presença dos estudantes negros, da Educação Infantil até o Ensino Médio. A senhora também percebeu essa característica da evasão escolar?

Quando eu fui para o ginásio também percebi a sua observação, o mesmo quadro. A minha primeira série ginasial, que fiz num colégio que eu nem sabia a importância dele, que na verdade, era um CAP da UFMG, tinham três alunas negras na sala, era uma turma de mais ou menos 40 alunos, duas meninas que eram irmãs e eu. Depois, no ginásio também. Quando eu cheguei no curso normal, também no Instituto de Educação, a grande maioria eram meninas brancas, estudei em uma turma de uns 30 alunos, que devia ter umas dez meninas negras. Quando eu fiz o curso de Letras na UFRJ, em 1976, o número de alunas e alunos negros era muito pequeno em relação ao quadro geral. O que a gente percebe hoje, quando se trata de terceiro grau, é a grande presença de alunas e de alunos negros, dependendo também dos cursos. Não há como negar que essa mudança é muito fruto das ações afirmativas.

A sua carreira literária vem ganhando maior visibilidade nos últimos anos, em um período em que muitos jovens negros acessaram a universidade. A senhora considera que haja alguma relação entre as políticas de acesso à universidade com a ampliação da recepção do seu texto?

O que eu tenho dito é que esse público que tem levado com mais veemência esses textos de autoria negra, esse público que chega nas universidades, que procuram professores orientadores que, muitas vezes, não conhecem essa autoria negra, esse público realmente forja, ajuda a forjar a entrada dessa autoria negra nos cursos. E acho interessante que não é só nos cursos de Letras, vamos ver pesquisas na área de História, na Educação a gente encontra muito, na área da Sociologia. Esse público, que conhece esses textos fora da universidade, dentro do próprio movimento social, leva essa demanda de autoria para as universidades.

Não sei se a senhora concorda, mas percebo um movimento muito bonito em relação à sua literatura, porque ela não começa a ser legitimada a partir da elite, ela vem do movimento negro, ela vem dos estudos negros, dos pobres não negros que se identificam com essa literatura e, de certa forma, fazem emergir essa literatura, levando para outros públicos, de outros status sociais. A senhora percebe isso?

Percebo muito e isso me deixa muito satisfeita, porque é uma coisa que me interessa muito questionar quando se trata de Carolina Maria de Jesus, quando dizem que Carolina foi descoberta por Audálio Dantas. A gente sabe que o movimento foi o contrário. Carolina, na esperteza dela, percebeu Audálio Dantas na favela e começou a gritar com várias pessoas que estavam sentadas no parquinho das crianças, que estava sendo inaugurado naquele dia. Carolina começou a dizer, "que vergonha, saiam daí", "eu vou pôr vocês em meu livro". Ela queria chamar a atenção daquele sujeito. Como ela já era uma pessoa muito antenada, percebeu que ele era jornalista. Quando ele escuta uma mulher negra e pobre, lá na favela, falando: "vou pôr vocês no meu livro!", Audálio se volta para Carolina, então foi a Carolina que descobriu o Audálio. Eu tenho afirmado muito que em momento algum vão poder dizer que jornalista, que a mídia descobriu a escritora Conceição Evaristo, pelo contrário, o primeiro lugar de recepção dos meus textos foi dentro do movimento social negro, são mulheres e homens negros, se não estão dentro do movimento, são influenciados pelo discurso do movimento. Então, são essas pessoas que legitimam a minha escrita. Primeiramente, são os meus iguais, homens e mulheres, pobres, negros, de periferia, isso em todos os lugares, não é só aqui no Rio de Janeiro. Depois, esse texto ganha as universidades e encontra professores, pesquisadores sensíveis a esse discurso dito como de uma minoria. Se hoje eu cheguei à mídia é consequência desse movimento. Claro que a mídia dá uma visibilidade muito grande, é muito importante, eu não estou negando o papel e a importância da mídia na minha visibilização, mas eu chego na mídia como consequência, como culminância de uma movimentação muito anterior, desde os anos 90 com as próprias atividades do grupo Quilombhoje.

E quando a mídia coloca a senhora como a grande representante da literatura negra, esse lugar é confortável? Qual a responsabilidade de estar nesse lugar?

Eu acho que tenho que ter um certo cuidado, é uma responsabilidade e eu agradeço muito que isso esteja me acontecendo agora, aos 70 e tantos anos, porque é um lugar sedutor. Então, você pode criar uma ilusão de que é realmente um suprassumo. Nós vivemos em um sistema, nas relações raciais, nas relações sociais que é preciso pinçar alguns elementos. Então, você pinça um ali, pinça um aqui, cria situações necessárias. Temos que tomar muito cuidado para que essas situações de exceção não saiam do coletivo. É não perder a perspectiva do coletivo e o coletivo também não se afastar de mim, o coletivo continuar me segurando, eu só tenho essa firmeza porque eu sei que tem um coletivo atrás de mim que me sustenta. Pode ser um lugar prazeroso quando você pensa em vaidade pessoal, claro, também não nego a minha vaidade, mas é lugar também perigoso. Eu acho que a gente não pode deixar se encantar por isso, por essa sensação. A minha preocupação também é não ser a exceção, porque a gente tem que lembrar que a exceção só confirma a regra, quer dizer, quando eles apontam uma escritora negra e a distingue entre todas, é preciso pensar também por que dessa distinção.

Me parece um pouco que, ao apontarem apenas uma, cria-se uma sombra, onde outras escritoras estão e, sendo pares dessa escritora, deveriam estar presentes com ela, o que nem sempre acontece.

É justamente isso. O risco da excepcionalidade é a negação do coletivo. Daí eu acho que preciso ficar atenta o tempo todo sobre isso. Eu digo: "ainda bem que a minha idade também já me dá uma sabedoria para lidar com isso!" E outra coisa que me preocupa muito, o imaginário que se constrói sobre as mulheres negras é um imaginário em que elas não estão no campo da escrita. A minha imagem chama muita atenção, mulher negra, que não está em um padrão global, que tem uma certa idade. Então, é preciso tomar muito cuidado para eu não ser vista só por esses aspectos, e o texto ficar por trás. O que eu tenho insistido é: leiam o texto! Leiam o texto porque senão se aponta a grande escritora negra e o que é que se leu dela? Fica só essa imagem, porque é uma imagem que realmente escapole ao imaginário. Eu não quero que as pessoas leiam a minha imagem, eu quero que as pessoas leiam o meu texto.

Eu queria retomar o tema dos coletivos negros, que a senhora falou hoje e voltar um pouco para a sua juventude. Nesse período a senhora fazia parte da vida literária de Belo Horizonte? Havia uma cena literária? As pessoas se reuniam para falar de literatura, para trocar impressões de leitura?

Havia, mas era um círculo muito pequeno, um círculo de amigos mesmo. Era como a gente dizia, um círculo doméstico, a gente se encontrava na casa de um e de outro e recitava, cantava, lia-se, mas era alguma coisa assim sem nenhum planejamento, era o lazer, era o prazer de estar junto de amigos e era o prazer da gente estar trocando o texto entre nós. Agora, eu fico pensando que foi muito importante, isso teve muito a ver com a minha formação, com a minha sensibilidade. A gente se encantava muito com o texto do outro, discutia, na verdade, eu acho que a gente fazia oficinas também de criação sem ter percepção do que estava acontecendo, porque era muito espontâneo.

É interessante a gente pensar que isso estava acontecendo, de certa forma, em várias partes do Brasil. Como a sua geração começou a se reunir? A gente já conversou sobre isso, sobre essa geração que é muito forte, tem a senhora, tem a Geni Guimarães, tem o Cuti, tem a Miriam Alves, a lista é imensa. E isso começa no final da década de 70, até então a gente não tinha um grupo tão grande de jovens negros escrevendo literatura. Como a senhora acha que se formou esse encontro dessa geração com a literatura?

Isso tem muito a ver com o contexto da época, as pessoas precisam de canais para direcionar a sua sensibilidade, temos que pensar que estávamos em um regime de ditadura. Os grupos vão encontrando táticas de sobrevivência. E a juventude é muito dinâmica, essa força ela iria extravasar de alguma forma. Ela extravasou no caso destes grupos e dos negros em uma questão de militância, porque ela não nasce independente da militância, esses textos negros, esse momento de uma autoria negra nasce muito ligada à afirmação de uma identidade negra, nasce muito ligada ao próprio questionamento das relações raciais no Brasil, ao questionamento de uma democracia racial. Esse momento de construção de uma afirmativa de identidade negra, acaba sendo extravasado na literatura. A gente sofre influências, nesse período, o primeiro texto que li de um escritor africano, foi um texto de Agostinho Neto, *Poemas da liberdade*. Os textos africanos em língua portuguesa circulavam muito pouco entre nós. Apenas de maneira alternativa esses textos chegavam entre nós. A luta pelos direitos civis dos negros americanos, eu me lembro que a primeira nação africana, se eu não estou enganada, a buscar uma autonomia política, é com Patrice Lumumba. Neste momento já ouvíamos falar sobre este tema. É muito pouco, mas é um pouco que, substancialmente, tem uma influência muito grande sobre essa literatura. Eu me lembro quando estava nos meus 16 a 17 anos, tinha um grupo em Belo Horizonte que era o grupo Movimento Negro Brasileiro, que vinha de uma família negra, esse senhor, coronel Antônio Carlos, pai de Efigênia, uma grande amiga, tinha sido um dos primeiros integrantes no momento ainda de discussão e de formação da Frente Negra Brasileira. Na verdade, tem uma longa tradição, que, sem sombra de dúvida, vai ganhar muito mais força, a não ser no momento da Frente Negra, nos anos 70, são os anos em que realmente essas lutas negras vão eclodir. E aí, a literatura, por quê? Porque a literatura é sempre um meio de dizer alguma coisa, você pode ver nas lutas africanas, você vai ver que os líderes africanos são poetas, são ficcionistas. A literatura é um espaço de dizer as coisas, de você ser com muito mais veemência do que no discurso político e do que no discurso histórico.

Quando a senhora começou a escrever Becos da memória *já havia um projeto desse romance? Como surgiu a ideia de escrever o* Becos*? E isso também foi no momento de estar junto desses grupos de literatura?*

Quando eu comecei a escrever *Becos da memória*, eu tinha ido à Belo Horizonte e conversando com a minha mãe, que é uma memorialista, começamos lembrar de uma pessoa que morou na favela onde nós morávamos. Nós começamos a conversar sobre essa senhora que adoeceu. Ela cuidava de outra pessoa e ela adoece. Então, a minha mãe fala assim, "mas vó Rita", essa pessoa se chamava vó Rita, "vó Rita vivia embolada com ela", embolada no sentido que não tinha muitas camas, então, todo mundo ali dividia aquela cama. E eu fiquei com essa frase da minha mãe na cabeça, não pelo significado, eu fiquei pela sonância da voz da minha mãe, «vó Rita dormia embolada com ela». E então eu comecei por essa frase e as memórias foram voltando. Agora, nada que tem em *Becos da memória* é verdade, mas nada que está em *Becos da memória* é mentira, eu gosto de dizer que é ficção da memória. Então, vários fatos me vêm à memória a partir dessa frase da minha mãe e eu vou ficcionalizando em cima desses fatos. Agora, não há como negar, é um texto muito próximo de uma memória que foi realmente vivida.

A estrutura do romance remete muito a forma que a gente lembra das coisas, porque o romance não é linear. Isso foi planejado?

Não, só tem ali duas narrativas que foram extremamente pensadas. Quando a narrativa traz Negro Alírio, eu pego aquele personagem e trabalho insistentemente. Negro Alírio e Ditinha são dois personagens que eu crio um texto para eles, mas também a partir de fatos. Ditinha, concretamente, aconteceu na favela, uma mulher que pegou as joias da patroa, pegou um anel e jogou na fossa. A polícia sobe para prender essa mulher e tudo é retirado de dentro da fossa e o castigo dela é ficar em pé olhando tudo. Eu não sei o que aconteceu com essa mulher depois. Se ela foi presa e se acharam a joia depois. E o Negro Alírio é realmente um homem que apareceu na favela e chegou lá fugido porque ele tinha participado da greve do Cais do Porto do Rio de Janeiro, a polícia estava atrás dele. Chegou na favela, eu conheci esse senhor, tipicamente um homem forte, bem aquele estereótipo de pessoa que trabalha em porto. Então, baseado nesses dois fatos eu crio essas duas personagens que gosto muito. Esses foram muito bem compostos, foi muito bem pensado realmente, mas os outros não, foi muito fluxo da minha memória mesmo. Acho engraçado porque Bondade não tem uma história no livro e ele é tão misterioso para a personagem Maria quanto é misterioso para a autora. Eu tenho vontade de escrever um dia uma história para o Bondade, porque ele ficou sem história.

Na sua obra, a loucura aparece como algo que pode vir a tomar conta de algum personagem, alguns flertam com alguma dimensão da loucura. Eu queria que a senhora comentasse um pouquinho sobre essa escolha.

Pois é, porque a loucura é uma grande incógnita, pode não ser para o psiquiatra, aquele que tem essa competência de cuidar da loucura, mas para o senso geral é uma incógnita. A gente não sabe por que a pessoa fica louca. Então, como eu tenho casos de adoecimento na minha família, meu avô adoeceu, ficou louco, ele tem uma história de uma sensibilidade, de uma inteligência muito grande. A minha irmã mais velha também é uma pessoa que adoeceu e tem uma história de uma sensibilidade muito grande. Então, eu vejo muito a loucura como um mistério, eu gosto muito de pensar sobre isso. Uma vez eu li sobre uma pessoa que adoeceu na França, ela mantinha um comportamento que eu diria anormal para a França, então ela foi encaminhada para um tratamento. Outra pessoa, na Índia, tinha esses mesmos sintomas, mas nessa cultura indiana, essa pessoa era adorada e era interessante conviver com o mistério dessa moça. Ponciá Vicêncio, eu não acho que tenha enlouquecido. Para mim, Ponciá tinha uma capacidade de lidar com os mistérios que o entorno não tinha. E eu gosto dessa ideia e gosto de pensar também numa ancestralidade que pode não ter sido cuidada, não ter sido recepcionada e está aí pedindo espaço, pedindo o seu lugar. Então, quando a gente pensa em Amada, de Tony Morrison, o fantasma da filha, que volta o tempo todo, uma filha que ela mata, a personagem mata para não passar pelo processo de escravização. Eu gosto de pensar nessas circunstâncias para levar para a literatura.

A senhora escreveu o Becos da memória e não conseguiu editora? Como se tentava ser publicado por uma editora na época em que a senhora começou a escrever?

Pois é, em 88 eu não estava nem em Cadernos Negros, eu terminei o romance acho que em 1987. 1988 era o centenário da assinatura da Lei Áurea, então era o momento também em que a sociedade estava voltada para as comemorações.

Como era para conseguir publicar nesse período?

Becos da memória ficou guardado 20 anos. Como se comemorava o centenário da assinatura de Lei Áurea, o Ministério da Cultura teve uma linha de publicação voltada para a temática negra e esse livro foi parar no Ministério da Cultura, mas acabou não sendo publicado por falta de verbas. Eu tentei outra editora que eu tive uma expectativa muito grande, porque era uma editora feminista, mas também não foi publicado. Mandei para outra, não lembro o nome, a impressão que eu tinha é que o envelope ia e voltava da mesma forma. Aí tenho dito que eu esqueci o livro na gaveta, guardei o livro e não quis saber mais. Ele foi publicado 20 anos depois.

A impressão que eu tenho é que o escritor negro, em sua maioria, quando apresenta a sua subjetividade no seu texto e esse texto acaba revelando um traço da nossa sociedade, ele acaba sendo contrário a própria estrutura da qual as grandes editoras fazem parte e se sustentam. Então, a rejeição me parece muito mais em relação a um texto que combate um sistema que deixa os negros marginalizados. A senhora vê por esse caminho? Por que esse grupo de autores não conseguiu por tanto tempo ser absorvido por essas grandes editoras do mercado literário?

Eu vou me lembrar agora de uma amiga que, quando a gente colocava as questões negras e ela — essa moça até faleceu — falava, "gente, é a maldição do tema". Eu acho que para as grandes editoras essa autoria negra traz um tema maldito, que é um tema que não interessa mesmo.

Em que o negro é o protagonista?

Em que o negro é protagonista. É um texto que, se você lê nas entrelinhas, ele está denunciando as relações raciais brasileiras. Então, é uma temática que não interessa às grandes editoras, não interessa mesmo. E eu acho que é isso mesmo, quando eu mandei Becos da Memória para essa editora, que era feminista inclusive, o envelope não chegou lá com a minha foto nem nada, mas se o texto foi lido se percebia uma voz negra ali, naquele texto. Talvez muitos dos nossos textos tenham uma característica de linguagem, uma característica até estética que, talvez, não estejam dentro de um julgamento, de uma expectativa estética que já está dada como a bela literatura, como a alta literatura.

Embora não faça muito sentido, a gente sabe que dentro do senso comum ainda existe uma ideia de uma de hierarquização das artes. Essa hierarquia não comporta a existência de escritores negros de literatura. Como a senhora pensa essa questão?

Você vê, se a gente volta na própria história da literatura brasileira, Machado de Assis é visto como excepcionalidade, foi preciso retirar de Machado de Assis até a sua origem negra para ele poder ser consagrado como o grande escritor Machado de Assis. Com Lima Barreto já foi um pouco mais difícil, mas a gente vê em toda a carreira literária de Lima o quanto foi difícil para ele se afirmar. Cruz e Sousa não dava mesmo... até porque a pigmentação não permitia uma maquiagem como a que eles fizeram em Machado de Assis. Quando não se pode retirar do sujeito essa imagem negra, ele não cabe dentro do imaginário das pessoas que produzem literatura. Para produzir literatura, de acordo com esse entendimento, você tem que ser homem branco, depois as mulheres brancas entram e depois as escritoras negras.

A senhora "engavetou" o Becos da memória e em 2003, publicou o romance Ponciá Vicêncio. Como surgiu a ideia de escrever esse romance?

Engraçado que eu lembro exatamente como surgiu a ideia da escrita de *Becos da memória*. Eu não sei exatamente quando surgiu a escrita de *Ponciá*. Eu só sei que depois de muito tempo que eu fui pensar em *Ponciá*. Eu comecei a escrever *Ponciá* no momento em que eu estava vivendo uma grande perda, que foi o falecimento do meu marido. E hoje eu fico pensando, talvez seja por isso que *Ponciá* é um texto tão cheio de perdas. E *Ponciá* fica guardado também, por oito anos. Depois, a professora Maria Jose Somerlate, que faz o prefácio da publicação, vai a minha casa e diz para mim, "olha, você precisa publicar alguma coisa individual". É quando penso em publicar *Ponciá*. Um livro que também assumi, paguei a publicação pela editora Mazza, mas eu não sei exatamente o momento em que comecei *Ponciá*, porque foi um momento muito difícil na minha vida e eu não sei dizer como é que ele nasceu.

Em Histórias de leves enganos e parecenças, a senhora amplia o seu projeto literário por trabalhar de uma forma muito intensa com o realismo mágico, ou até mesmo, podemos pensar, com uma estética animista. Como surgiu a ideia de escrever esse livro?

Histórias de leves enganos e parecenças é muito contaminado pelas histórias com esses elementos mágicos que eu escutei a vida inteira. Mas se a gente voltar a Ponciá, a gente vai ver que a obra tem um elemento mágico, aquela mulher que ela via no meio no milharal, que depois nunca mais ela veria, a própria maneira de ser, de lidar com a vida, o avô dela, aquela ancestral que está sempre presente, então, eu *Ponciá Vicêncio* já traz isso que a gente poderia estar chamando de elemento mágico. Em *Histórias de leves enganos e parecenças* eu quis reconhecer, dar valor a esses elementos mágicos ou a essa fantasia, ou até a fé que os povos subjugados têm necessidade, o que, por exemplo, num dado momento, a gente poderia chamar de alienação. Eu fico pensando que são estratégias de sobrevivência. Uma história, por exemplo, que marcou muito a minha infância foi a lenda do Negrinho do Pastoreio, quando ele levanta numa manhã e cata todas as formiguinhas, e ele tem como proteção Nossa Senhora que é madrinha dele. E eu fico pensando nos sujeitos escravizados que naquele momento precisavam desse tipo de história, essas histórias fortaleciam emocionalmente as pessoas. Então, quis aproveitar todas aquelas histórias que eu escutei na infância e todas as outras que pude criar para trabalhar com essa ideia do realismo magico, o mistério, a fé em determinados momentos... se os grupos subalternizados, se os grupos oprimidos não contarem com isso, eles não contam com mais nada. Foi muito dentro dessa ideia de aproveitar, de reconhecer o valor do mistério até como suporte emocional para a hora de sofrimento.

Conceição, nesses últimos anos, a senhora conseguiu uma grande visibilidade e um justo reconhecimento da sua obra, Prêmio Jabuti, exposições etc. A senhora acha que a vida lhe deu o retorno da sua luta? A vida ainda lhe deve alguma coisa? Quando a senhora pensa na sua trajetória, tem uma visão conciliadora, apaziguada? Como a senhora vê isso?

Olha, eu sou grata à vida e eu acho que a literatura me escolheu. Acho também que não é só resultado do esforço pessoal não, porque se fosse muitas outras pessoas conseguiriam também. Eu não quero ficar comprometida com esse discurso da meritocracia: se você estudar, se você trabalhar você consegue. A história não é essa. Agora, eu acho que a vida me escolheu, mas acho também que nada que eu estou ganhando é prêmio. Eu acho que, por exemplo, aos 71 anos estou conseguindo essa visibilidade... então, em termos de organização social, será que se eu não fosse uma mulher negra eu não teria tido esse reconhecimento mais cedo? Será se eu não fosse uma mulher que tivesse vindo das classes populares, que fosse pobre eu não teria tido esse reconhecimento mais cedo? Então, eu sou grata à vida, sou muito grata, quero dizer, a vida me escolheu. Mas, o que eu estou conseguindo, eu poderia e deveria, e mereço muito mais. Por toda essa história de luta, não só eu, como todos nós, como outras escritoras, como qualquer cidadão, sou grata, quero mais. Eu não estou tomando nada de ninguém, pelo contrário, eu acho que a sociedade brasileira tem uma dívida com todos nós. As exceções confirmam as regras. Que regras são essas da sociedade brasileira que aos 71 anos é que uma mulher negra consegue uma visibilidade dentro da literatura, que regras são essas? Então, é nesse sentido mesmo que ainda bem que eu tive forças, mas muita gente fica pelo caminho porque é preciso um esforço supra-humano.

— Em 17 de maio de 2017, no Centro Cultural Banco do Brasil, no Rio de Janeiro. Projeto Encontros Malê na Livraria da Travessa.

Conceição, gostaria que a senhora falasse um pouco desse momento que está vivendo, a comemoração dos 70 anos, a exposição do Itaú Cultural e ter toda a sua obra lançada e disponível para os leitores. O que esse momento significa para senhora como escritora, mas também para a população negra em termos de representatividade?

Vou dizer por que estou achando tão bonito. Porque cada vez mais estamos vendo que a nossa literatura encontra o seu público e no público encontra seus sumos e seus semelhantes. Acho que para quem sabe ler, um pingo é letra. Encontrar aqui minhas semelhantes e meus semelhantes e todo esse público confirma o que tenho dito. Eu tenho dito que o meu contato com pessoas mais jovens tem potencializado o meu trabalho, o jovem é sempre muito bom. Se na tradição africana, nas culturas africanas, o velho é respeitado porque ele traz experiência, o jovem é respeitado também porque potencializa o mais velho. Isso eu aprendi em *A casa d'água*, de Antonio Olinto. Tem um momento de uma menina mais nova que tem uma relação e a narrativa fica meio dúbia, quem vê de fora acha que é um homem mais velho tendo uma relação com uma mulher mais jovem, mas é uma relação que pressupõe o mais jovem também potencializando o mais velho. Eu tenho dito que o meu contato com pessoas mais jovens é potencializador. Estar aqui e ver esse auditório hoje, me possibilita reafirmar o que eu tenho dito em todos os lugares que eu tenho passado. O primeiro espaço que recepcionou meu texto foi dentro de um movimento social negro. Foi com o coletivo de escritores negros, com o Grupo Negrícia. Então, a partir desses espaços sociais em que a gente trocava nossos textos, primeiramente, com os nossos semelhantes, as professoras, especialmente as mulheres que levavam meus textos para sala de aula, levavam meus textos para academia, apontavam para professora da academia, novos textos foram surgindo, as primeiras dissertações, teses, muito no trabalho de formiguinha, um trabalho de base. Então, hoje, se tem a Ocupação Itaú Cultural em São Paulo, recentemente a matéria do Globo, o Prêmio Faz Diferença, isso é fruto de trabalho, fruto dessa recepção e essa primeira recepção aconteceu dentro do movimento social negro, dentro do movimento de mulheres negras, com isso, veio vindo esse trabalho até chegar aqui. Hoje, se estou aqui, eu permaneço e agradeço a todos do coletivo, foi o coletivo que me trouxe até aqui.

Quando a senhora fala do coletivo, eu penso nos Cadernos Negros. E essa geração que a senhora faz parte funda o conceito de literatura afro-brasileira, defende esse conceito de literatura afro-brasileira. Eu queria que a senhora comentasse um pouco sobre esse conceito de literatura afro-brasileira e como o seu conceito de Escrevivência dialoga com essa produção de literatura afro-brasileira.

Em 1995, na PUC, aqui no Rio de Janeiro, minha dissertação de mestrado teve o seguinte título, Literatura Negra: uma poética da nossa afro-brasilidade. Eu trato essas duas denominações sem distinção. O Cuti, por exemplo, defende literatura negro-brasileira e eu fico feliz porque eu posso dizer negro-brasileira e literatura afro-brasileira. Então, muitos críticos literários têm uma tendência de dizer que a literatura é universal, que não teria essas vertentes, tudo é literatura, mas acho que uma das possibilidades de questionamento é: que universal é esse? Quem eles estão julgando, o que esses críticos literários estão tratando como universal e quais são os parâmetros para defender essa concepção de universal. Sem me estender muito, eu diria que a literatura negra ou a literatura afro-brasileira seria essa criação literária que parte da subjetividade do sujeito negro na sociedade brasileira. Vou falar um caso específico, eu ligada a uma corrente de autoria de mulheres negras, tudo que eu escrevo, seja um texto literário, uma criação literária, como também os ensaios, a dissertação de mestrado, a minha tese de doutorado, é profundamente marcada pela minha condição de mulher negra na sociedade brasileira. A minha subjetividade está ali presente em todos os textos, é a subjetividade que é formada, conformada de acordo, justamente, pela minha condição de mulher negra brasileira. Então, esse meu corpo que não esconde a minha negrura física carrega todas as possibilidades e todas as interdições que este corpo físico me proporciona ou me provoca... Quando eu escrevo, quando realizo a minha criação, eu não me desvencilho desse corpo. Sou eu, Conceição Evaristo, mulher negra, oriunda de classes populares, mãe de Ainá, professora. Então, todas essas identificações, de maneira consciente ou inconsciente, elas vão contaminar o meu texto. Outra escritora e eu tenho dito muito isso, não tem aqui nenhum juízo de valor, mas Adriana Lisboa que é uma escritora branca, as experiências dela contaminam os textos dela, o texto dela há de nascer de uma forma diferente do meu. Não só a questão estética, é uma questão mesmo de vivência, o que ela vive como mulher branca na sociedade contamina o texto dela. O que eu vivo como mulher negra na sociedade brasileira contamina o meu texto. Então, assim como eu não escreveria o texto da Adriana, ela não escreveria o meu texto. São essas diferenças que estou destacando, nossas experiências como mulher, como negra, nos permite a criação de um texto diferenciado e esse texto diferenciado, criado a partir da nossa subjetividade seria o que estamos chamando de literatura negro-brasileira ou afro-brasileira.

A senhora comenta sempre que tem um carinho muito grande pelo livro Insubmissas lágrimas de mulheres. *Queria que a senhora falasse um pouco do projeto desse livro e qual o objetivo que a senhora tinha ao escrevê-lo?*

O livro Insubmissas lágrimas de mulheres nasceu de uma provocação que foi feita no Seminário da Literatura em Brasília, em 2009, onde se homenageava escritores negros da África. E então, como eu tenho fama de assassina, que eu vivo matando os personagens, mas não mato por querer não, que também é outra questão que depois podemos pensar, o que significa a morte nos textos de literatura afro-brasileira? Então, no auditório estava Edileusa Penha de Souza, que tem trabalhado com a representação das mulheres negras no cinema. Edileusa perguntou, "Mas porque nossas histórias são sempre de tristeza, histórias de morte, será que nós só temos a morte para contar? Não podemos criar histórias que sejam com final feliz?" Eu fiquei muito irritada com Edileusa quando ela fez essa pergunta. E como eu tenho muita intimidade com ela, respondi, "Se você quer ver final feliz, vai ver novela da Globo", a irritação que eu fiquei com ela... Eu não sou obrigada a escrever histórias felizes, até porque eu também não considero os finais tão infelizes assim, porque mesmo os textos que apontam para morte, apontam para esperança. Fui para casa e fiquei pensando... Resolvi escrever Insubmissas lágrimas de mulheres com 13 contos, as 13 mulheres são protagonistas, são nomes de mulheres que dão nome aos contos, mas tem final feliz. Eu não matei ninguém nesse livro. Mas são todas protagonistas que passam por uma saga de sofrimento, o que nos anima é que são mulheres que passaram por todas as situações de sofrimento e são mulheres com resiliência, porque todas elas olham para o passado, que é também o passado coletivo negro, dos africanos, como os da diáspora, quem está aqui é porque tem muita resiliência. Talvez, a geração dos nossos netos já nasça ou já possa contar uma história que parta de um berço feliz, a minha geração e da minha filha é uma geração que ainda olha para esse passado e tem esse passado de dor para contar, esse passado de dificuldade. Em *Insubmissas lágrimas de mulheres* nenhuma personagem está na linha de pobreza, porque isso também caracteriza personagens criadas por mim, eu olho a minha vida contaminando a minha escrita e *Insubmissas lágrimas de mulheres* tem um final feliz, mas não é o final feliz da Globo. Enquanto eu escrevia o *Insubmissas*, eu estava escrevendo a minha tese, então para não surtar, de vez em quando eu deixava o texto da tese e escrevia os contos, mas é um livro que eu gosto muito porque foi muito trabalhado.

A senhora poderia comentar um pouco sobre o Histórias de leves enganos e parecenças em relação à oralidade e ao diálogo com algumas tradições africanas?

Histórias de leves enganos e parecenças até já me perguntaram se é realismo fantástico. Eu me lembro uma vez, eu escutando Joel Rufino dos Santos, ele dizendo o seguinte, que algumas culturas, elas não conseguem conviver com o mistério. Ou, então, elas têm que explorar, que esvaziar o mistério, na busca da verdade. Já outras culturas lidam muito bem com o mistério. Vivem o mistério, sem questionar o fundamento, a razão perfeita do mistério. É interessante que mesmo essas culturas que querem explorar a razão do mistério, em um dado momento, essas culturas também adentram no mistério, sem questionar. Quando a gente pensa no próprio cristianismo ou na própria religião católica. Quem é católico acredita iniciação de Nossa Senhora. Acredita na Santíssima Trindade. Acredita em uma série de oferendas e mistérios, sem questionar, pois, neste momento, é permitido. Quando se adiciona culturas tradicionais, que apresentam as suas oferendas e mistérios, então se entende como crença. Se o católico acredita, na hora da comunhão, que Jesus Cristo está presente na hóstia sagrada, não se pode pensar que "Oxum é minha mãe". Porque você pode acreditar no mistério da concepção de Nossa Senhora e não pode pensar em outras formas de criação do mundo. Então, em *Histórias leves enganos e parecenças* eu trabalho propositadamente com algumas verdades misteriosas que contaminaram a minha infância, que vieram dessas religiões tradicionais, dessas culturas tradicionais, que eu ouvia em casa. Eu quis trabalhar esses temas porque em determinados momentos, essas histórias das culturas tradicionais, talvez, principalmente, para os africanos da diáspora, essas histórias serviram de sustentação emocional. Vou dar só um exemplo, porque essa história todo mundo conhece, a história do Negrinho do Pastoreio. O menino escravizado que é mandado ser açoitado, jogado no meio do caminho para sumirem com ele. A reversão dessa história se dá quando no outro dia, o dono da fazenda o encontra de pé, tirando as formiguinhas que estão o corpo dele. E aí esse menino diz que ele tem Nossa Senhora como protetora dele. É uma versão católica. Se a gente quiser colocar Oyá como protetora dele, podemos. Podemos pensar nessa outra forma. Essas narrativas se tornam necessárias para um povo. Então, acreditar que esse menino tinha uma proteção, essa história serve como uma sustentação emocional para o povo e, em determinados momentos, essas histórias ganham grande valor. Uma das histórias do *Histórias de leves enganos e parecenças*, "O sagrado pão dos filhos", eu estava lendo para a minha mãe e ela falou comigo: "Essa história não termina assim". Eu falei, "Não termina, é porque eu modifiquei". São histórias que correram dentro da nossa tradição, muitas são modificadas, quase todas estão modificadas, mas segurar essa verdade misteriosa, segurar esse mistério que durante muito tempo alguém quis chamar de alienação, podem até chamar de alienação, mas sendo alienação ou não, sem essas histórias, sem essa vida, que acontece para além da razão, talvez nós não estivéssemos aqui. Minas Gerais é um estado extremamente católico, os congadeiros cantam para Nossa Senhora do Rosário. Mas toda a mitologia de Nossa Senhora é de fundamento católico. Uma senhora de fundamento católico que se coloca ao lado dos africanos escravizados. Então, a lenda é essa, o fazendeiro manda construir uma capela pra Nossa Senhora, manda construir uma igreja pra Nossa Senhora e Nossa Senhora volta e meia foge para a capelinha dos escravizados. Ora, naquele momento histórico eles precisavam ter a Nossa Senhora do lado deles. Então eu acho que lidar com essas narrativas é encontrar e valorizar suportes emocionais que o nosso povo não tem e não teve. Poucos de nós, hoje em dia, tem a possibilidade de, por exemplo, fazer análise. Imagine quando esses africanos e seus antecedentes não eram considerados nem como pessoas, nem com sentimentos? Então, os contos do *Histórias de leves enganos e parecenças* partem desse desejo de reconhecer essas narrativas que foram importantes para a sustentação dessa resiliência, que nos permitiu e que nos permite chegar até aqui.

Eu percebo bastante na sua literatura a presença da água. É intencional?

Você sabe que é de uma maneira muito inconsciente, eu acho que tem alguma coisa a ver com Oxum. Sabela, eu fico na expectativa do retorno do leitor. Um projeto de criação da minha literatura é dialogar com contextos que já foram escritos ou em outra época, ou por uma autoria, de um outro espaço social. Em *Poemas da recordação e outros movimentos* eu dialogo com Adélia Prado. Adélia Prado afirma, "Uma ocasião meu pai pintou a casa toda de alaranjado brilhante. Por muito tempo moramos numa casa como ele mesmo dizia: Constantemente amanhecendo." Eu fiz um em que eu digo. "Eu também tive um sol dentro de casa." Eu peço licença para ela, "Com licença, Adélia, que eu também sou mineira", tem um outro poema que eu estou dialogando com Drummond em "No meio do caminho". Eu peço licença a Drummond, dizendo que eu conheço essa pedra no meio do caminho, mas eu tenho as asas no meio do caminho. Então, meu projeto está nisso também. Dois poemas em que eu ponho Clarice Lispector para dialogar com Carolina Maria de Jesus e, na verdade, Sabela (personagem do livro *Histórias de leves enganos e parecenças*), eu pretendi fazer uma paródia da versão bíblica da Arca de Noé, só que o comando da barca será de Sabela. Mas é muita água mesmo, mas são as nossas águas. Eu gosto de marcar, são as nossas águas. A água do dilúvio, mas são as nossas águas e as nossas águas são outras.

A senhora citou Carolina Maria de Jesus, eu gostaria que a senhora comentasse um pouco sobre o impacto da obra da Carolina na Conceição Evaristo leitora.

O primeiro livro que eu conheci de Carolina foi *Quarto de despejo*, em Belo Horizonte, ainda antes de vir para o Rio de Janeiro. Deve ter sido em sessenta e seis. O *Quarto de despejo* me chamou muita atenção, em um momento de popularidade de Carolina, era um momento que a Igreja Católica estava com um discurso junto aos pobres, no momento da semente da Teologia da libertação. E eu fazia parte do movimento católico e foi quando eu conheci Carolina Maria de Jesus, toda a minha família leu Carolina Maria de Jesus, a minha mãe é uma mulher que fez o processo de alfabetização à medida que os filhos e as filhas foram para a escola. Então, o exercício de leitura da minha mãe se dá muito nesse momento, toda a minha família leu Carolina Maria de Jesus. E por que a gente se emocionou tanto com Carolina Maria de Jesus? Tudo que Carolina relatava, as dificuldades de vida de Carolina em São Paulo eram as dificuldades que minha família enfrentava em Belo Horizonte. Então, a minha mãe era a própria Carolina. As dificuldades que Carolina vivia naquele momento, nós vivíamos em Belo Horizonte. Foi tão marcante Carolina pra gente com *Quarto de despejo* que, anos depois, a minha mãe também passou a escrever um diário. Fico muito feliz porque as pessoas têm uma tendência, por exemplo, de me colocar como herdeira de Carolina Maria de Jesus. Eu acho que os estudos literários um dia vão perceber que Carolina Maria de Jesus criou uma tradição. Se isso é um dos requisitos para a obra de uma pessoa ser considerada literária, então, Carolina Maria de Jesus criou uma tradição e o próprio jornalista, que Carolina descobre, Audálio Dantas, informou que outras mulheres, também de classes populares, começaram a enviar material para ele. Carolina criou escola. Minha mãe fez um diário depois de ler Carolina, *Becos da memória* é outra obra, mas também fala da favela, outra obra que se chama *Divã de papel*, de Maria Jesus da Silva, também fala de uma mulher catadora de objetos na rua. Mas quem lê Carolina e para em *Quarto de despejo* tem a tendência de falar que Carolina realmente é só testemunho, questionando que não é obra literária, mas quem lê também com atenção, mesmo o *Quarto de despejo*, percebe que não é só testemunho. Inclusive, não precisa de muito para perceber a pulsão que Carolina tem pela escrita. Carolina escreve porque está com fome. Carolina escreve porque não se alimentou naquele dia. Caroline escreve porque ela está atordoada, sem saber realmente o que o Cigano quer com ela. Carolina escreve porque ela não quer ficar dependente de homens, tanto é que as feministas já começam a olhar o discurso de Carolina, quando ela afirma que não vai ficar obedecendo ao homem, que não quer apanhar de homem. Carolina escreve porque ela sofre preconceito racial. Carolina escreve, também, porque em determinados momentos ela não consegue se colocar como negra. Ela repete inclusive o discurso preconceituoso. Carolina escreve por todas as incoerências dela, por todas as dúvidas dela e por todas as certezas dela. Isso a gente observa em *Quarto de despejo*. Em o *Diário de Bitita*, percebemos o sujeito errante que a Carolina é, Carolina não tem lugar. Ela não se assenta em lugar nenhum. Ela não se sujeita ao trabalho doméstico. A opção por catar lixo é porque ela quer ter autonomia, do ponto de vista de ganhar a vida. Outro texto que ela tem, *Onde estaes felicidade*, que ela faz uma brincadeira, ao mesmo tempo que o sujeito está correndo atrás de uma mulher que se chama Felicidade, ele está correndo atrás da própria felicidade. Então, ela tem essas sutilezas. Ela tem todo um projeto de escrita. O que tem me instigado muito é que as pessoas ao lerem Clarice Lispector percebem a angústia no texto. A angústia existencial de Clarice Lispector. Como Clarice questiona a vida. Por que as pessoas leem Carolina Maria de Jesus e não percebem também esse questionamento e a angústia humana de Carolina? Inclusive, quem lê a biografia de Carolina, que é um livro muito interessante que fala dela nos últimos momentos em Parelheiros, percebe. Carolina morre de depressão e não é uma depressão porque falta o pão. É aquela depressão causada pela própria angústia humana. Mas, essa percepção sobre a obra de Carolina é a mesma leitura que reduz muito a noção sobre o que as mulheres negras estão escrevendo, é como se a gente estivesse falando só da falta do pão ou da água que falta na bica. Uma negação da humanidade do sujeito negro. É como se nós, mulheres negras, não tivéssemos as nossas angústias, como todas as outras mulheres. É como se a gente não enfrentasse as nossas questões de solidão. É como, no caso até da sexualidade, como se as mulheres negras fossem só hétero. É como se as mulheres negras não tivessem nenhuma dúvida sobre elas mesmas ou sobre a vida. Então, falta esse cuidado, de ler com esse cuidado. Ela está escrevendo no mesmo momento em que Clarice Lispector escreve, a diferença que eu coloco é a seguinte, a Clarice Lispector tem uma competência da língua e a Carolina tem outra competência da língua. Eu acho que são modos de criação diferentes em termos linguísticos, então, percebemos uma má vontade de ler essa autora negra.

— Em 15 de setembro de 2020, na aula inaugural do Curso de Letras – PUC Rio.

Conceição, a senhora acha que a partir do conceito de Escrevivência poderíamos fazer uma reescrita da história da literatura brasileira, de forma mais inclusiva e abrangente? Uma história que sombreou tantas presenças. Poderíamos ler a obra de Maria Firmina dos Reis a partir do conceito de Escrevivência?

Sem sombra de dúvidas. Penso na lacuna que a história da literatura brasileira deixa sobre a autoria negra e penso na *Escrevivência* de Solano Trindade, que não aparece tanto na história da literatura brasileira e é um grande poeta modernista, uma poeta que foi capaz de escrever a partir do seu lugar social, a partir da sua história de vida, a partir da sua inserção na luta social. Outro autor que eu também penso na *Escrevivência* é Lima Barreto, principalmente em *Recordações do escrivão Isaías de Caminha*, que é um livro que me chama muita atenção, *O Emparedado*, de Cruz e Sousa e mesmo os poemas que ele escreve para a mãe, ou quando ele imagina a noiva, a Núbia. Talvez eu esteja arriscando dizer isso no meio de pesquisadores de literatura e de críticos literários, mas entendo que pensar uma reescritura da história da literatura brasileira, também compreende pensar a postura, ou o modo de concepção e produção de um texto literário, que não está ligado somente a marcas de produção, ou a marcas de conceitos europeus do que seria literatura e como fazer essa liteartura, porque para eu pensar a *Escrevivência*, eu posso considerar a prática de contação dos griots africanos, eles contavam a história também a partir de suas experiências dentro das etnias das quais eles pertenciam. Um poema de Nei Lopes, exemplifica isso, *História para Ninar Cassul-Buanga*, em que o eu poético assume o papel de griot, ele está contando a história para um jovem, ele está contando a história para um menino e está, ao mesmo tempo, contando a sua própria história. Então, o processo de *Escrevivência*, de ficcionalização, está na prosa e na poesia. Percebo uma autoria que se mescla o tempo todo, ele é sujeito, ele é criação e ele é criador ao mesmo tempo. Quando pensamos em Maria Firmina dos Reis e a maneira como ela escreve Mãe Suzana e Túlio, no romance *Úrsula*, há um comprometimento do narrador com aquelas duas personagens, a Firmina também é uma mulher de origem africana, aliás ela não estereotipa Túlio. Túlio que será o modelo para o sinhozinho, para o sujeito branco, essa maneira de compor os personagens é uma cumplicidade, a própria Clara dos Anjos, personagem do romance de Lima Barreto, você vê uma narrativa que se cumplicia com Clara dos Anjos, e não uma narração em que a voz do narrador olha de longe, ou olha para julgar. É uma narrativa que se constitui para se cumpliciar com essa narração ou com o que está sendo narrado. *Escrevivência* tem essa cumplicidade, entre a voz narrativa com o que está sendo narrado. Talvez, na história da literatura brasileira falte essa percepção dessa narração e dessa autoria. Machado de Assis, por exemplo, compôs os poucos personagens negros de uma maneira diferenciada da composição da época. Então, entendo que *Escrevivência* possa ser também um operador teórico para se pensar em uma nova escrita da história da literatura brasileira.

— Em 5 de janeiro de 2016[1], (por e-mail) sobre o edital de apoio à coedição de livros de autores negros (2013), Biblioteca Nacional e Fundação Palmares. O edital foi embargado pela Justiça Federal.

O livro Olhos d`água vem tendo boa repercussão, recebeu o Prêmio Jabuti e vem sendo adotado em escolas. Quais os elementos estruturantes do mercado editorial que impossibilitaram obras de qualidade da autoria negra de encontrar os seus leitores?

---

1 Nota do entrevistador. Importante se atentar para as mudanças ocorridas na trajetória literária de Conceição Evaristo durante e após 2016.

Partindo da minha experiência pessoal, o mercado editorial tende acolher os nomes já consagrados ou então uma figura midiática. Outra questão, embora haja uma pesquisa acadêmica de peso sobre livros de autoria negra e muitos pesquisadores, não só da área da literatura, debruçados sobre nossas obras, falta ainda uma visibilização "midiática" sobre a autoria negra. Não somos chamadas, por exemplo, para entrevistas de programas literários, não estamos ainda nas grandes feiras literárias, aliás, às vezes, penso que sou mais conhecida fora do Brasil do que aqui. E vou repetir o que eu disse em Paris, por ocasião do Salão do Livro, em que participei ano passado e já afirmei para a Revista Raça. É esperado que uma mulher negra saiba cozinhar, cuidar de uma casa, cuidar de crianças, enquanto babá... Espera-se também que ela seja boa de cama, que ela saiba dançar e cantar, mas que ela saiba escrever, ainda é um imaginário que não compõe o pensamento brasileiro.

Como a senhora vê a importância deste edital para a divulgação das obras dos autores negros?

Vejo como uma ação bastante positiva e necessária. Escritores e escritoras negras, na grande maioria, publicam, divulgam e comercializam, eles mesmos suas obras. Publicam em editoras pequenas ou por formas alternativas, como gráficas e, muitas vezes, assumem os gastos da publicação. Depois da publicação, outras dificuldades aparecem. Distribuição, divulgação... Quando a obra é publicada por uma editora já inserida no mercado livreiro, a venda do livro se torna menos difícil. Diante dessas barreiras e de outras, se torna necessário políticas públicas para publicação de obras, cuja autoria nasça dos grupos desprivilegiados socialmente. E cumprindo uma política pública, não só de publicação, mas ainda de distribuição, de forma que essas obras possam ser encaminhadas para bibliotecas públicas, para as escolas, isto é, para espaços fundamentais de leitura.

O edital não teve continuidade e recebeu críticas por definir que apenas contemplaria autores negros. Foi criticado como um edital racista. Como a senhora vê essa reação?

Não se pode perder de vista, que esse edital está dentro da perspectiva das Ações Afirmativas, em que o Estado brasileiro, através de ações compensatórias, busca reparar uma injustiça histórica que se inicia com o processo de escravização dos povos africanos e seus descendentes no Brasil. Creio que qualquer brasileiro que tenha um mínimo de consciência, um mínimo de honestidade, mesmo sem conhecer profundamente a história do Brasil, sabe que a nação brasileira teve como um de seus pilares o trabalho escravo de homens, mulheres e crianças. A pobreza dos africanos e seus descendentes no Brasil foi a herança, foi a moeda que se ganhou com a carta de alforria. E sabe também que o racismo brasileiro tem impedido que ocorra uma ascensão social com as pessoas negras. É válido observar que as críticas e, mesmo um processo de intervenção, partiu de um político, me pareceu que um governador de um estado nordestino. Ora, era de se esperar, (pelo menos teoricamente) que um sujeito em cargo eletivo, conheça os modos de relações raciais da sociedade brasileira. O que aconteceu? O racismo institucional brasileiro tentou embargar o processo acusando o caráter racista do edital. E quando negros não usufruem de uma escolarização completa, quando não podem consumir bens culturais como livros, ida ao teatro, cinema, concertos musicais, etc? E quando negros não estão em lugares de ponta, nas universidades, nas grandes multinacionais, nas empresas particulares, nos cargos políticos? E quando negros compõem a grande maioria das favelas, das periferias das grandes cidades e são a grande parte vítimas de um descuido ou de uma violência do Estado? Não há um caráter profundamente racista da sociedade brasileira? A pobreza no Brasil tem cor. As críticas que esse edital recebeu são as críticas que o movimento social negro recebe sempre. Nós negros quando acusamos a sociedade brasileira de racista e criamos as nossas formas de enfrentamos somos acusados de estarmos promovendo o racismo. Hoje a expressão "racismo reverso" acusa o negro de ser racista em relação ao branco. Essa pessoa, que vê um caráter racista nesse edital por contemplar uma autoria negra, poderia, a título de ilustração, ler a vida de escritores e escritoras negras, para saber como Machado de Assis, Cruz e Sousa, Luiz Gama, Lima Barreto, Maria Firmina dos Reis, Carolina Maria de Jesus, dentre outros, enfrentaram, sofreram ou silenciaram diante de situações que tiveram de enfrentar por serem negros e mestiços. É provável, bem provável que quem tenta embargar um edital como esse, embargue também ações afirmativas que contemplem comunidades indígenas brasileiras.

— Entrevista realizada na Casa Estante Virtual, na programação paralela da Flip – Festa Literária Internacional de Paraty, em 25 de novembro de 2023.

A senhora recebeu a distinção de intelectual do ano, o Troféu Juca Pato, concedido anualmente em São Paulo pela União Brasileira de Escritores.

Gostaria que a senhora comentasse o que essa distinção representa para a senhora e, em certa medida, para todas as escritoras negras?

Este prêmio existe desde 1962. É a primeira vez que uma mulher negra é titulada por este prêmio. Eu fiquei muito feliz, mas, ao memo tempo, eu me pergunto sobre a demora para premiar mulheres negras. Eu acho que quem me concede o prêmio deve até me achar um pouco injusta, ou um pouco ingrata, mas não é isso. Quando eu ganho esse prêmio e sou a primeira mulher negra, penso em outras mulheres negras das quais eu sou devedora na minha formação: Beatriz Nascimento, Lélia Gonzales, Luiza Bairros e Neusa Santos Souza. Mulheres que me antecederam e que estão presentes na minha formação. Eu fico grata, mas não posso deixar de pensar nessa demora. Por que é tão difícil reconhecer a intelectualidade, o lugar de sabedoria, o lugar de produção de arte das mulheres negras? Eu fico muito contente e sei que essa distinção, ao me ser concedida, é concedida para as mulheres, para os homens negros, para uma juventude que está se movimentando. Os jovens negros são as maiores vítimas da violência do Estado, ainda assim, temos uma juventude negra que está trabalhando, estudando, se formando. A comunidade negra tem uma potência muito grande, uma potência que contamina para o bem. Esse prêmio não é só meu, me reconhecer como intelectual é reconhecer vários de nós. A minha fala, que pode parecer ingratidão, "reconhecer tardiamente", é reivindicação para que isso se naturalize. Eu não posso ser uma exceção, me reconhecerem agora e passar dez, quinze anos até que outra pessoa negra seja reconhecida. É preciso que se naturalize, porque para o branco isso é natural. Mas não só em relação às pessoas negras, também em relação às pessoas indígenas.

Esse ano fui eu, no ano que vem os intelectuais brancos vão ficar quietinhos no lugar que eles já têm e vamos ver, outra vez, pessoas negras sendo distinguidas.

Em uma das nossas entrevistas, a senhora comentou que a Carolina Maria de Jesus criou uma tradição na literatura, que muitas mulheres negras se sentiram encorajadas para escrever após lerem Quarto de despejo. *Podemos pensar o mesmo para Maria Firmina dos Reis e Solano Trindade? Gostaria que a senhora comentasse um pouco sobre como se dá a tradição na literatura negra brasileira?*

Eu gosto muito de pensar nessa tradição que a Carolina e a Firmina criaram na literatura brasileira, é uma tradição que realmente escapole dos modos formais de criação, recepção, influência e circulação. Quando observamos, por exemplo, os modernistas e pensamos que, de certa forma, eles se encontravam, que havia lugares de referência para que eles se encontrassem, que havia um polo irradiador para os intelectuais, que realizavam trocas de cartas, isso dificilmente aconteceu nessa formação literária de uma tradição negra. As cartas de Carolina eram familiares e para os seus editores. No entanto, quando a gente e outros escritores muitos jovens, Sacolinha, por exemplo, fala do impacto da Carolina na formação dele, quando os Cadernos Negros remetem a sua criação aos cadernos de Carolina, quando atualmente vários meninos do rap estão retomando a imagem de Carolina, essa tradição de presentifica. É uma tradição audaciosa, principalmente quando a gente pensa em Carolina, porque ela acaba possibilitando que um menino do rap queira se assumir escritor. Por exemplo, quando o Emicida diz em alto e bom som, "é nós". É claro que ele sabe que segundo os puristas, ele está agredindo a língua. Eu considero que a gente realiza a elaboração de uma tradição com um conteúdo que a literatura brasileira sempre quis fazer uma assepsia, e traz uma tradição que usa a língua portuguesa de uma maneira muito voluntariosa, de uma maneira que rompe com os modos de uso da língua portuguesa na forma literária. Alguns usam de maneira muito consciente. Quando eu coloco na boca da personagem, "a gente combinamos de morrer", eu tenho essa intenção de provocar o leitor, tanto que essa frase é corrigida por muitos para "nós combinamos de não morrer", eu não escrevi isso, a fala da personagem Dorvi é "a gente combinamos de não morrer". Essa tradição da literatura afro-brasileira é uma tradição à revelia, uma tradição nos modos de tratar determinados temas, como também modos de utilização da língua portuguesa. É claro que quando queremos, usamos a norma culta, mas intencionalmente podemos usar "a gente cominamos", ou "é nós". Carolina inventa neologismos, embora questionem que ela invente, porque ela não é Guimarães Rosa, logo ela não poderia inventar. Tem alguma marca nesse texto literário negro que vai obrigar a teoria da literatura e até a crítica literária crescer, alagar, sair do lugar da certeza e ir para o lugar da incerteza. Essa tradição da literatura de autoria negra existe e se estrutura de uma forma diferente, nós não vamos para os grandes salões da literatura, essa tradição existe e está aí para ser estudada.

CINCO PRINCÍPIOS PARA LER A OBRA DE CONCEIÇÃO EVARISTO

Henrique Marques Samyn

A singularidade da obra de Conceição Evaristo impõe desafios de leitura que demandam abordagens capazes de dimensionar seus atributos literários e seu sentido cultural e político. A esse propósito, o que aqui se propõe não é um receituário ou um protocolo hermenêutico definitivo para a produção evaristiana, mas um conciso conjunto de preceitos que tenciona sugerir alguns pressupostos importantes, meramente à guisa de ponto de partida, que pode ser útil para leituras aprofundadas de suas obras.

1. A *Escrevivência* é o fundamento da produção literária evaristiana. Reconhecer a consistência do projeto estético de Conceição Evaristo implica atentar para uma continuidade no que tange aos seus escritos (rastreável até a redação-crônica "Samba-favela"); não obstante, isso demanda entender o sentido específico do conceito de Escrevivência (dialeticamente concebido), ou seja, de responder à indagação: de que modo a *Escrevivência* se constitui em determinada obra evaristiana? Ainda que os fundamentos da *Escrevivência* permaneçam constantes – enquanto uma escrita literária que, embora individual,

mobiliza vivências de uma coletividade, constituída a partir de determinações de raça, gênero e classe –importa analisar, por exemplo, os arranjos de referências internas, os dispositivos de repetição (tácitos ou explícitos) e os procedimentos de reelaboração estética presentes em cada obra. Como entender, por exemplo, as semelhanças entre certas passagens presentes em *Becos da memória* e no conto "Olhos d'Água"? Em última instância, trata-se de observar que, embora toda a obra de Conceição Evaristo tenha como fundamento a *Escrevivência*, isso não deve ser entendido em um sentido negativo ou reducionista; na via contrária, a *Escrevivência* deve ser compreendida como um princípio produtivo – à maneira de um fértil território no qual a obra literária evaristiana floresce de múltiplas formas.

2. A obra evaristiana deve ser lida à luz do imaginário coletivo negro brasileiro. A leitura de qualquer texto literário produzido por Conceição Evaristo demanda considerar a presença de elementos do repertório cultural e epistemológico negro brasileiro, em um sentido dilatado, quer dizer: tanto no que diz respeito à sua relação com a tradição crítico-literária negra (militante e acadêmica) quanto no que tange ao imaginário coletivo (relacionado à oralidade e à religiosidade). O que isso quer dizer? Que qualquer protocolo interpretativo que não considerar essa multiplicidade de influências incorrerá no risco de desprezar componentes essenciais da obra evaristiana; ou seja, compreender que a relação da produção literária de Conceição Evaristo com essas diferentes tradições ocorre de maneira dialética determina a consideração de que qualquer prática analítica deve pressupor a presença de elementos provenientes de repertórios diversificados. Como ler um conto como "Regina Anastácia" sem

evocar referências históricas, literárias e religiosas? Como analisar as citações, paráfrases e releituras que permeiam a obra evaristiana?

3. O projeto estético evaristiano é indissociável do projeto político.

Se nenhuma produção literária negra pode ser reduzida ao registro documental ou à verbalização da denúncia, no caso da obra de Conceição Evaristo é primordial considerar o amplo conjunto de recursos formais e estilísticos mobilizados pela autora. Isso não quer dizer que análises horizontalizadas ou abordagens desde um recorte temático sejam sempre inapropriadas; trata-se de algo relevante para, por exemplo, compreender a releitura proposta por Conceição Evaristo para *topoi* historicamente consolidados, ou mesmo para fins didáticos. Todavia, leituras em profundidade das obras de Conceição Evaristo precisam atentar para a sofisticada construção do texto literário: uma leitura em profundidade da poesia evaristiana implica considerar a estruturação métrica, rímica e rítmica, por exemplo; uma leitura em profundidade da prosa evaristiana demanda analisar os recursos utilizados para a descrição de personagens e dos cenários, a construção dos diálogos, os dispositivos retóricos, etc. Não obstante, é crucial evitar dois erros: primeiro, não se deve pressupor o beletrismo (cabe não esquecer que à dimensão estética subjaz uma dimensão política, e que nenhum recurso estético se faz presente no texto de forma gratuita ou descompromissada); segundo, importa respeitar rigorosamente a escrita evaristiana (as marcas de oralidade presentes em uma passagem como "a gente combinamos de não morrer" não estão ali por acaso, e as frequentes citações "corrigidas" desse trecho evidenciam uma não compreensão do sentido próprio da literatura de Conceição Evaristo).

4. A produção literária evaristiana é sempre desestabilizadora. Se o reconhecimento institucional da importância de Conceição Evaristo tem, como consequências, a inclusão curricular de seus textos e a proliferação de estudos acadêmicos sobre a sua obra, há nisso o risco da produção de leituras domesticadoras, que só podem ser viabilizadas a partir do esquecimento de um princípio basilar, muitas vezes ressaltado pela autora: sua obra não tem como propósito "adormecer os da casa-grande, e sim acordá-los de seus sonos injustos". De fato, a leitura de textos evaristianos não pode ser confortável: em um sentido negativo, porque não pode ser pacificamente recebida por subjetividades que participem daqueles setores da sociedade brasileira que neles emergem representados como objetos de sua crítica (ou seja: os sonolentos herdeiros da casa-grande, para os quais a literatura evaristiana deve servir como um "despertador", quer dizer, um elemento de perturbação); em um sentido positivo porque, para aquelas pessoas que se identificam com personagens que protagonizam as obras de Conceição Evaristo (ou se sentem acolhidas pelas vozes nelas presentes), essa literatura opera como um estímulo para a mudança – mas, simultaneamente, como uma lembrança de que o mundo é, ainda, um espaço hostil. A "vida-liberdade" produzida no "agora" é, ainda, uma possibilidade, que só pode ser sustentada a partir de práticas de resistência.

5. A literatura evaristiana é uma permanente construção contracanônica. O que significa afirmar que a literatura evaristiana é uma construção em sentido permanente? Que a obra de Conceição Evaristo, produzida ao longo de mais de meio século (se, mais uma vez, tomamos como marco a crônica "Samba-favela"), apresenta

traços que evidenciam o processo de desenvolvimento da produção de uma autora profundamente dedicada ao seu ofício. Isso demanda a compreensão de que a escrita evaristiana não é sempre a mesma – e que, por exemplo, o manejo das metáforas, os procedimentos de alegorização, a construção do repertório temático e a própria estruturação do texto presentes em suas primeiras obras apresentam significativas diferenças em relação a escritos produzidos em períodos mais recentes. Em consonância com isso, cabe recordar o propósito contracanônico da obra de Conceição Evaristo – visível em seus primeiros livros, mas patente em uma obra como *Macabéa: Flor de mulungu* (ainda que não se trate de uma oposição absoluta, mas da produção positiva de uma diferença). No que diz respeito à obra evaristiana, escrever contra o cânone significa construir um espaço a partir do qual é possível produzir questionamentos que viabilizem discursos capazes de enunciar o que a literatura brasileira hegemônica sempre tratou de silenciar.

PONCIÁ VICÊNCIO

Ponciá Vicêncio foi o primeiro livro publicado individualmente por Conceição Evaristo, quase dez anos após a conclusão dos originais. A edição, financiada integralmente pela autora, veio a lume pela editora Mazza, em 2003; portanto, treze anos após a estreia literária de Conceição Evaristo nos *Cadernos Negros* – período ao longo do qual a autora publicou outros escritos em volumes coletivos, inclusive em outros números dos *Cadernos Negros*. *Ponciá Vicêncio* recebeu outras edições em 2006 (segunda edição, também pela Mazza, já com os custos divididos entre a editora e a autora); em 2008 (edição de bolso, novamente pela Mazza, quando da inclusão da obra na lista de leituras exigidas pelo processo seletivo para a Universidade Federal de Minas Gerais, para o CEFET/MG e para outras instituições mineiras; nos anos seguintes, o livro também seria incluído na lista de leituras obrigatórias para instituições de outros estados); e em 2017 (terceira edição, publicada pela editora Pallas). A obra já foi traduzida para o inglês, para o francês, para o espanhol e para o italiano.

No texto prefacial "Falando de Ponciá Vicêncio…" (presente na terceira edição), Conceição Evaristo se refere à protagonista da obra como "uma parenta" da qual gosta "particularmente", mas com quem nem sempre teve uma relação tão afetuosa: "Aprendi a gostar da moça, de tanto amor que ela provocava nas pessoas", afirma a escritora, que ressalta: "Não foi amor à primeira vista". O fato de muitas pessoas falarem sobre Ponciá Vicêncio foi o que levou Conceição Evaristo a reler a obra, o que lhe trouxe à lembrança o "doloroso processo de criação" durante o qual, segundo seu depoimento, o choro da personagem se confundia com o ato da escrita. No mesmo texto, a autora alude às vezes em que é confundida com a personagem, mencionando a ocasião em que foi chamada de "Ponciá Evaristo", o que quase a levou a autografar um exemplar do livro com esse nome. Assim, podemos perceber em que medida a própria autora assume a identificação com a personagem, ainda que o estabelecimento dessa relação tenha demandado algum tempo.

Ponciá Vicêncio apresenta uma estrutura complexa, podendo ser lido como um romance de formação que, não obstante, remete à tradição oral (sobretudo pelo sofisticado uso de recursos de repetição), ao discurso mítico (pela circularidade e pela presença de elementos alegóricos) e às narrativas memorialísticas. A memória opera, de fato, como fio condutor do romance: Ponciá Vicêncio "gastava todo o tempo com o pensar, com o recordar". Por outro lado, isso evidencia sua relação fundamental com a ancestralidade.

A demonstração mais poderosa de como Ponciá Vicêncio se relaciona com figuras ancestrais é a relação com seu avô. Ponciá é ainda uma criança de colo quando ele morre, mas retém na memória as suas marcas, tanto físicas ("Vô Vicêncio faltava uma das mãos e vivia escondendo o braço mutilado pra trás") quanto psicológicas ("Ele chorava e ria muito. Chorava feito criança. Falava sozinho também"). Vô Vicêncio falece em meio uma "crise de choro e riso". Na noite em que é velado, o pai, que Ponciá pouco via ("pois ele trabalhava lá nas terras dos brancos"), diz para a mãe que o avô deixara uma "herança" para a menina; mais tarde, quando Ponciá regressa à roça, Nêngua Kainda – a que "tinha o olhar vivo, enxergador de tudo" – reitera a impossibilidade de fugir a essa herança.

Quando Ponciá repentinamente começa a andar, quase um ano após a morte de Vô Vicêncio, a família se surpreende ao perceber que ela anda "com um dos braços escondido às costas", com "a mãozinha fechada como se fosse cotó" – o que causa espanto, visto que a menina era muito pequena quando o avô faleceu. A única pessoa que não se espanta é justamente o pai de Ponciá, que anunciara a transmissão da herança familiar. Ainda jovem, a personagem faz uma versão do avô em barro – para espanto de Maria, sua mãe, que tenta esconder a estátua; mas essa é logo restituída pelo pai, que também se surpreende com a semelhança ("teve a sensação de que o homem--barro fosse rir e chorar como era feitio de seu pai").

A condição do povo negro no contexto pós-abolição transparece nas vivências do pai da protagonista – que, "filho de ex-escravos, crescera na fazenda levando a mesma vida dos pais". Na condição de pajem do sinhô-moço, era obrigado a brincar com ele; isso implicava, por exemplo, servir-lhe de cavalo ou acatar a ordem do coronelzinho para que recebesse na boca a sua urina. A humilhação o leva a questionar seu pai sobre o motivo de permanecerem na fazenda e de haver tantos negros e negras na senzala, se já eram livres. A resposta que recebe é "uma gargalhada rouca de meio riso e de meio pranto"; em seguida, sem encarar o menino, o pai "olhou o tempo como se buscasse no passado, no presente e no futuro uma resposta precisa, mas que estava a lhe fugir sempre".

Por um lado, a reação contraditória de Vô Vicêncio – a mistura de choro e riso – está associada à sua dolorosa trajetória: ao momento em que, tomado pelo desespero após "três ou quatro" dos seus filhos terem sido vendidos, matou a esposa, decepou a própria mão e enlouqueceu (o que é uma forma de resistência: "Quiseram vendê-lo. Mas quem compraria um escravo louco e com o braço cotó?"). Por outro lado, a reação de Vô Vicêncio também pode ser compreendida como expressão de uma atitude ambígua diante da privação de liberdade; como uma reação psicológica, conflituosa, à impossibilidade de encontrar uma justificativa para a sua condição existencial. Tamanho é o peso da memória para Vô Vicêncio que o pai de Ponciá considera utilizá-la como instrumento para abreviar-lhe a vida: "Sabia que, se fizesse o pai relembrar de tudo, se ferisse a memória dele, o homem morreria de vez"; mesmo o pai de Ponciá, contudo, não evoca as lembranças, pois fazê-lo significaria "matar a si próprio também". É notável que o falecimento de Vô Vicêncio ocorra em meio a uma de suas crises, o que pode ser interpretado como uma demonstração da precariedade da existência diante dessas incertezas. Quando começa a andar – portanto, quando começa a trilhar o seu caminho no mundo –, Ponciá emula a conduta do avô, o que evidencia o modo como recebe as heranças provenientes de uma existência submetida às arbitrariedades da escravidão. Assim como o seu ancestral, Ponciá tem "vontade de choros e risos"; assim como ele, Ponciá gosta de "olhar o vazio".

No que tange a essa precariedade ontológica, o legado que Ponciá Vicêncio recebe de seu avô se reflete, mais profundamente, na ausência de identidade. Desde a infância, Ponciá "não ouvia seu nome responder dentro de si". Quando aprende a escrever, copia e repete o nome, "na tentativa de se achar"; grafar o acento é como lançar "uma lâmina afiada a torturar-lhe o corpo". Esse não reconhecimento remete, contudo, para a origem senhorial do nome, transmitido por "um tal coronel Vicêncio" àqueles que habitavam as suas terras – os negros alforriados que as receberam como um "presente de libertação", mas que ali permaneceram, condenados a servir aos mesmos senhores; terras que, ao longo dos anos, foram sendo retomadas pelos brancos. Incapaz de identificar-se com o próprio nome, a personagem chega a pedir ao seu companheiro que não mais a chame de Ponciá Vicêncio; quando lhe pergunta como deve, então, chamá-la, a personagem, "olhando fundo e desesperadamente nos olhos dele", responde "que lhe poderia chamar de nada". Esse vácuo existencial se manifesta no "vazio" que eventualmente ocupa a cabeça de Ponciá – algo que, se a princípio a incomoda, com o tempo se torna uma experiência confortável, permitindo que ela se torne "alheia de seu próprio eu". Por conseguinte, é quando se nadifica que Ponciá mais pertence a si mesma.

A decisão de partir da roça surge quando Ponciá Vicêncio, aos dezenove anos, se vê "cansada de tudo ali" – sobretudo, da exploração sofrida. É isso que nela desperta o desejo de "traçar outros caminhos, inventar uma vida nova", a fim de um dia voltar para buscar a mãe e o irmão. A despeito dos relatos sobre aqueles que partiram da roça e viveram infortúnios na cidade (como Maria Pia, seduzida pelo filho do patrão, ou Raimundo Pequeno, enganado por contrabandistas), Ponciá parte numa longa viagem de trem, que dura três dias e três noites – aventura à qual nenhum parente seu jamais se havia lançado. Ao entrar na catedral, percebe como tudo ali é diferente da roça: os santos são "grandes como pessoas", "limpos e penteados", assim como as pessoas que ali encontra; na roça, os santos eram "minguadinhos e mal vestidos como todo mundo". A consciência da desesperança se evidencia quando, ao escutar os sinos da igreja, Ponciá se lembra da "mulher alta, transparente e vazia" que lhe sorrira no meio do milharal, mas que já desaparecera quando esse foi derrubado.

A vida na cidade constitui uma espécie de desterro: sem poder comunicar-se com os seus familiares – já que nem eles sabem escrever, nem o carteiro passa pelas terras dos negros –, Ponciá cultiva o hábito de ir à estação quando chega o trem que passa por Vila Vicêncio, a fim de procurar um rosto conhecido. Por outro lado, a partida da personagem – que viajara movida por esperanças, sonhando com um futuro melhor para os seus – resulta na desagregação de sua própria família, visto que também seu irmão parte para a cidade e sua mãe sai "em busca não se sabe de quê" (o que sugere um movimento diaspórico). Graças ao trabalho na cidade, Ponciá consegue comprar uma casinha, mas já não pode levar para ela os seus familiares. A impossibilidade de construção de um futuro no espaço urbano também se evidencia na morte dos sete filhos – que vivem, no máximo, um dia. Não obstante, ao constatar que, se tivesse filhos, eles estariam condenados a uma vida tão sofrida quanto a sua, dado que "a vida escrava continuava até os dias de hoje", Ponciá considera que "foi bom os filhos terem morrido" (o que pode remeter às estratégias das ancestrais escravizadas para eliminar a prole destinada ao cativeiro).

Em oposição à cidade, a casa na roça – à qual não apenas Ponciá Vicêncio, mas também sua mãe e seu irmão retornam, antes de se reencontrarem – permanece para todos um espaço fundamental: ali eles podem restituir os ritos e os costumes perdidos com a separação, espantando o vazio, e sentir a presença dos mortos. A força da ancestralidade se revela por intermédio de Nêngua Kainda, aquela que "parecia congregar a velhice de todos os velhos do mundo", que é também a guardiã da temporalidade: é ela quem revela o momento em que o tempo permite o reencontro da mãe com os filhos. Esse reencontro é determinante para que se cumpra a herança de Vô Vicêncio: é quando a mãe contempla, na face da filha que lhe fora emprestada pelas águas – que ainda em seu ventre reclamara o contato com as águas do rio –, as faces de Vô Vicêncio e as que provêm de "um outro tempo-espaço"; é quando Luandi, irmão de Ponciá, percebe que o sentido de sua vida não está em ser soldado (como já alertara Nêngua Kainda), mas em tornar-se "matéria argamassa de outras vidas"; é quando Ponciá finalmente é reconhecida como "elo e herança de uma memória reencontrada pelos seus".

A constituição e hierarquização dos gêneros são questões relevantes em *Ponciá Vicêncio*. Na roça, Ponciá cresceu com sua mãe, apartada de seu pai e de seu irmão, que trabalhavam na terra dos brancos. Quando o pai retornava, era a mãe quem determinava o que ele faria, bem como o que deveria fazer quando voltasse ao trabalho. Nesses tempos da roça, Ponciá "gostava de ser menina", temendo passar por baixo do arco-íris e virar menino. Contudo, esse cenário em que às mulheres é reservada uma posição de poder se transforma com a chegada de missionários que impõem uma outra forma de saber, mais útil para a cidade (o que evoca o epistemicídio). Com os padres, Ponciá tem seu primeiro contato com as letras, mas por conta própria aprende a ler e expande o seu saber – ultrapassando o conhecimento de seu pai, cujo aprendizado foi interrompido por determinação do sinhô-moço, que se interessava apenas por "ver se negro aprendia os sinais, as letras de branco". Posteriormente, ao constatar que saber ler não lhe abre "meio mundo ou até o mundo inteiro", como imaginava nos tempos da roça, Ponciá faz uma fogueira com todas as suas revistas e jornais. Análogo gesto de renúncia, decorrente da violência patriarcal, é a determinação de "virar logo homem", após o casamento. A superação será simbolicamente regida pelo arco-íris: quando tinha cerca de onze anos, ao tocar-se para verificar a forma de seu corpo após passar sob o "angorô", Ponciá descobriu o prazer sexual que podia proporcionar a si mesma; isso pode ser interpretado como um gesto conciliatório com o corpo através do autoconhecimento erótico – uma antecipação da cena final, em que a diluição do "angorô" acompanha os movimentos circulares de Ponciá, tornada "elo e herança de uma memória reencontrada pelos seus".

A mulher que reclama o direito à própria sexualidade no âmbito da ordem patriarcal pode sofrer punições: é o que ocorre com Biliza. Após ter o seu dinheiro roubado pelo filho da patroa em cuja casa trabalhava como empregada, e por quem era assediada sexualmente, Biliza opta por trabalhar na zona, embora nem sempre cobre pelos serviços que oferece; no entanto, acaba outra vez explorada, agora pelo Negro Climério e por uma cafetina. Luandi apaixona-se por Biliza e planeja casar-se com ela; no entanto, ela acaba assassinada por Climério. Pode-se notar que Biliza, mulher negra e pobre, transita de uma relação de exploração para a outra – antes, era explorada pela patroa branca; depois, pela cafetina e por Climério; uma vez casada com Luandi, não escaparia à situação de dependência econômica.

No que tange aos modelos de masculinidade, é notável a repressão afetiva. O pai de Ponciá, se quando criança "revelava as suas tristezas com imensas lágrimas, assim como gritava alto os seus risos", com a maturidade se habitua a "disfarçar o que lá de dentro vinha". A expansão emocional de Vô Vicêncio tem um sentido negativo, por decorrer da loucura. Já o homem de Ponciá é "sempre calado, silencioso, morno" – não diferindo, portanto, dos homens que ela conhece: todos vivem em estado de quase mudez, falando apenas o necessário. A vida de trabalho duro, em condições precárias, leva Ponciá a considerar que para eles a vida é "tão difícil quanto para a mulher"; todavia, ao fazê-lo a personagem desconsidera os episódios de violência doméstica que ela mesma sofre, e que acabam por ampliar o seu alheamento ("desde esse dia, em que o homem lhe batera violentamente, ela se tornou quase muda. Falava somente por gesto e pelo olhar"). A relação entre masculinidade e violência se evidencia dessa e de outras formas – por exemplo, no desejo inicial de Luandi por ser soldado, para "bater" e "prender", algo cuja insuficiência percebe quando se revela a herança de Vô Vicêncio; ou no comportamento criminoso de Negro Climério. Caso singular é a mudança de conduta do homem de Ponciá – que, após agredir a companheira, torna-se carinhoso ao descobrir "não só o desamparo dela, mas, também, o dele", passando a respeitar o alheamento de Ponciá.

À guisa de conclusão, pode-se observar que múltiplos fatores determinam a posição central que *Ponciá Vicêncio* ocupa na literatura brasileira contemporânea: tanto a sua complexidade estrutural, a sua pluralidade temática e a sua sofisticação narrativa quanto a potência de uma protagonista capaz de ombrear com personagens como a Capitu de Machado de Assis e a Macabéa de Clarice Lispector no panteão literário nacional.

BECOS DA MEMÓRIA

Becos da memória foi a primeira obra escrita por Conceição Evaristo, que a produziu entre 1986 e 1988 (a esse respeito, observe-se que, embora a autora afirme, no texto prefacial "Da construção de becos", que a narrativa nasceu em 1987/1988, a data que aparece ao final da narrativa, na versão revista, é 27 de julho de 1986); portanto, trata-se de um período anterior à estreia de Conceição como colaboradora dos *Cadernos Negros*, que ocorreu em 1990. Como afirma a autora em "Da construção de becos" (texto prefacial, à maneira de uma "conversa com o leitor", que na primeira edição não ultrapassava uma página; e, na terceira edição, estende-se por mais de três páginas), a narrativa pode ter se originado em "uma espécie de crônica" intitulada "Samba-favela", escrita quando cursava o antigo ginasial, em 1968. Apresentada como exercício de redação a uma professora, a narrativa consistia na tentativa de descrição da "ambiência de uma favela", tendo sido posteriormente publicada em periódicos de Minas Gerais e do Rio Grande do Sul.

A edição em livro de *Becos da memória* deveria ocorrer em 1988, por ocasião do centenário da Abolição: a obra seria publicada pela Fundação Palmares/Minc, com capa e ilustrações de Altair Evaristo Vitorino, o "Zinho", irmão da escritora. Frustrado esse projeto, o livro permaneceu engavetado por quase duas décadas; mas a recepção a *Ponciá Vicêncio*, publicado pela primeira vez em 2003 (embora escrito dez anos antes), motivou Conceição Evaristo a resgatar o manuscrito. Assim, *Becos da memória* teve sua primeira edição pela editora Mazza, em 2006; outras edições foram publicadas em 2013 (pela editora Mulheres) e 2017 (pela editora Pallas). A obra já foi traduzida para o francês.

    Segundo afirma Conceição Evaristo, *Becos da memória* resultou de um processo de escrita que não demorou mais do que poucos meses, a partir da ficcionalização de "lembranças e esquecimentos de experiências" vivenciadas por ela e por sua família. Em suas palavras: "nada que está narrado em *Becos da memória* é verdade, nada que está narrado em *Becos da memória* é mentira" – visto haver ali histórias que, embora baseadas em episódios reais, foram reinventadas quando contadas. As vivências que serviram como base para as narrativas do livro remetem ao cotidiano na favela do Pindura Saia, em Belo Horizonte, onde Conceição residiu durante a infância e parte da juventude. Tendo passado por um desfavelamento promovido pela prefeitura, o que forçou a escritora e seus familiares a deixar o local, a favela já não existia no momento em que foi literariamente recriada.

    O registro memorialístico da obra se evidencia já na sentença que o abre – um mote que, como afirma Conceição Evaristo, lhe foi dado por sua mãe ("Vó Rita dormia embolada com ela") –, bem como nas páginas iniciais, que apresentam os personagens de um mundo resgatado a partir da afetividade ("Hoje a recordação daquele mundo me traz lágrimas aos olhos"), delineando figuras que permaneceram resguardadas na memória: "Homens, mulheres e crianças que se amontoaram dentro de mim, como amontoados eram os barracos da minha favela".

Desse modo, a estrutura ficcional tanto expressa o (des)ordenamento das recordações – que ressurgem de modo fragmentário, a partir de aspectos preservados por seu valor afetivo – quanto emula o espaço a que remetem: a geografia da favela, com seu aglomerado de barracos. Como reconhece a voz narrativa, a escrita é uma homenagem não apenas à Vó Rita, mas também aos outros habitantes dos "becos da memória" – como os bêbados, as putas, os malandros, as crianças vadias e as lavadeiras. Figuras como Tio Totó, o velho filho de escravizados que "olhava o mundo com o olhar de despedida", certo de que a favela "seria sua última morada"; Maria-Velha, a terceira mulher de Tio Totó, que sorria só para dentro e, mesmo "quase feliz", "não alardeava o seu sentimento"; Cidinha-Cidoca, a "doida mansa, muito mansa" que, segundo as más e as boas línguas, tinha o "rabo de ouro", o que a fazia odiada e temida pelas mulheres da favela; Bondade, o talismã dos jogos de bola, que "morava em lugar algum, a não ser no coração de todos"; e Vó Rita, imensa, gorda e alta, que "tinha rios de amor, chuvas e ventos de bondade dentro do peito". Não obstante, esses são apenas os primeiros vultos que emergem a partir de um repertório muito mais amplo, e que aos poucos vão se "amontoando" na narrativa, consoante uma lógica atribuível ao discurso memorialístico.

Central para a narrativa é a figura de Maria-Nova – a menina que, movida por um "sentimento estranho", um dia haveria de "contar as histórias delas e dos outros"; e que, ciente dessa tarefa, punha-se a ouvir tudo atentamente. Colecionadora de selos e de histórias, Maria-Nova recolhia as histórias contadas por Tio Totó, por Maria-Velha (que compartilhava as suas histórias e as de sua irmã, Joana) e por Bondade (que, como um errante que tinha acesso às casas de todos os moradores, contava narrativas sobre habitantes de barracos que a menina não conhecia); assim, Maria-Nova podia incorporar o que lhe era relatado às suas próprias memórias. A relevância da oralidade se evidencia no fato de que Maria-Nova "precisava ouvir o outro para entender". Considerando-se a posição central dessa personagem em *Becos da memória*, bem como sua disposição para recolher e recontar as histórias, o questionamento sobre seu estatuto de projeção ficcional da menina Conceição Evaristo inevitavelmente avulta. Na versão ampliada de "Da construção de becos", a escritora trata essa questão como uma "charada" a ser resolvida por quem ler a obra; não obstante, em outras ocasiões essa possibilidade de aproximação já foi por ela admitida.

As heranças da escravidão permanecem presentes nas narrativas que se entrelaçam em *Becos da memória*. O avô de Maria-Velha, que tinha "um amontoado de dores" e que só quando seu filho Luisão retorna das andanças descobre que sua mulher e filhos foram vendidos ilegalmente, é quem afirma que "qualquer branco, sorrindo ou não, é sempre sinhô". A mercantilização de corpos também pode ser percebida no episódio em que Nazinha é vendida pela mãe, Tetê do Mané, ao fornecedor da fábrica de cigarros. Atenta a esse legado, Maria-Nova percebeu a possibilidade de citar para sua professora, "como exemplo de casa-grande, o bairro nobre vizinho e como senzala, a favela onde morava".

Entre as figuras que marcam a formação de Maria-Nova, destacam-se Vó Rita, Negro Alírio e Bondade, que compartilham a atuação como sujeitos transformadores da realidade: "acreditavam e diziam que a vida de cada um e de todos podia ser diferente". Não obstante, por sua relação com a palavra, Negro Alírio tem uma importância particular (sendo o laço específico que o une a Maria-Nova metaforizado pelo desejo que nela desperta, quando ainda é menina). O acesso à leitura motivou Negro Alírio à análise e à ação, transformando-o em um sujeito "muito ativo", "um operário, um construtor da vida". Foi ele quem descobriu o segredo do Rio das Mortes – onde os capangas do Coronel Jovelino atiravam os corpos daqueles que assassinavam por disputas de terra, posteriormente alegando suicídio – e decidiu fazer algo a respeito: "As coisas tinham que mudar, e quem faria a mudança seriam eles, porque o Coronel, os ricos não mudariam nunca". É nesse ponto que a importância da instrução se evidencia: questionando a narrativa, sustentada por seus pais, sobre o castigo divino imposto por Deus ao Sinhô-moço que torturava seu bisavô, Negro Alírio percebe a necessidade de um "Deus urgente" – o que deriva de um movimento crítico proporcionado pela capacidade de análise desenvolvida através da leitura.

Por outro lado, ainda que o Coronel tentasse cooptá-lo – enviando a professora que o ensinou a ler, oferecendo trabalho e a possibilidade de estudar na capital –, Negro Alírio preservou seu compromisso com a justiça: "O próprio inimigo o ensinara a ler. E ele aprendera mais do que lhe fora ensinado". Assim, Negro Alírio se tornou uma liderança capaz de confrontar e desmascarar o Coronel, abrindo para os seus a possibilidade de "dar um novo rumo às suas vidas". Depois disso, Negro Alírio resolveu partir, movido pela certeza de que mais havia a ser feito. Tendo ensinado os pequenos de sua terra a ler, fez o mesmo com todos os companheiros de trabalho na cidade: na construção, na padaria, na fábrica de tecidos – explicando, antes de tudo, a necessidade de aprender a "ler a realidade". Alírio transformava os operários e os empregados em irmãos, e os patrões em inimigos.

Na favela, persiste em sua luta por justiça e liberdade – não apenas para si, mas para todos que enxerga como seus semelhantes. Quando todos se desesperam diante do desfavelamento, é ele quem insiste em manter viva a esperança. E, quando morre Tio Totó, é perante Negro Alírio que Maria-Nova, em silêncio, assume o compromisso de um dia escrever "a fala de seu povo".

O desfavelamento e seus efeitos sobre os moradores são contundentemente descritos em *Becos da memória*. "Todos sabiam que a favela não era o paraíso, mas ninguém queria sair", tanto por motivos materiais quanto por razões afetivas. O poder destrutivo do processo encontra uma síntese no ato em que os "homens-vadios-meninos", ao decidirem brincar com os tratores, terminam despedaçados, sem que sequer seja possível reconhecer os corpos – o que remete ao fato de que, para aqueles que enviam as máquinas para destruir a favela, todos os seus habitantes não passam de corpos anônimos e precários. Destino similar tem Brandino – que, ao brincar de deslizar nas tábuas, choca-se com um dos tratores e acaba "calado, morto-vivo, bobo, alheio, paralítico". O desfavelamento acaba por se tornar uma força desestruturante na favela, acirrando ódios e transformando os moradores em inimigos uns dos outros.

O motivo da desigualdade econômica perpassa toda a obra, mas transparece em particular na narrativa sobre Ditinha. Trabalhando na mansão de Dona Laura, a poucos minutos da favela, Ditinha vive cotidianamente os efeitos da desigualdade, ao manusear as joias e os bens da patroa e provar de sua comida. Tendo se apossado, num gesto irrefletido, de uma pedra-broche de Dona Laura, Ditinha vaga pelos becos da favela, procurando uma saída; é quando a pedra verde-suave, que parecia tão macia, fere sua carne, rasgando-lhe o seio.

Após lançar a joia na fossa, Ditinha é presa pelos policiais, acusada de passar-se por doméstica apenas para cometer o furto – ainda que a patroa elogiasse reiteradamente o seu trabalho, ao longo de quase um ano. Embora ninguém consiga explicar o impulsivo ato da personagem, todos os que a conhecem defendem sua dignidade ("falsa doméstica, ladra, isto ela não era"). Torna-se nítido, portanto, que o gesto suscita leituras antagônicas – por parte da patroa e da polícia, de um lado; e dos moradores da favela, de outro (sobretudo de Negro Alírio, que luta por justiça para Ditinha). Análogo é o diferenciado tratamento dispensado aos filhos de Ana do Jacinto e aos "rapazes de lambreta".

Tema relevante em *Becos da memória* são as relações familiares e afetivas. Um dos motivos pelos quais Tio Totó chega à conclusão de que "a vida é uma perdedeira só" é o desaparecimento de seus familiares ("Perdi Miquilina e Catita. Perdi pai e mãe que nunca tive direito, dado o trabalho de escravo nos campos"). Nega Tuína, sua segunda esposa, não tem parentes sanguíneos ("De seus ela considerava as outras negras e negros da cozinha"), e é por acaso que descobre que sua mãe morrera em decorrência do parto. Embora isso aparentemente não a incomode ("Tuína não indagou mais nada. Ela era mais ou menos feliz. Para que mãe? Para que pai?"), é difícil não pensar que possa ter alguma relação com seu desejo por filhos "de montão"; ao fim, a personagem encontra um fim semelhante ao de sua mãe. Fuinha – descrito por alguns como louco, e por outros como maldoso ou perverso – destrói sua própria família, espancando sua mulher até a morte e abusando, física e sexualmente, de sua filha. Custódia, que "conhecera Tonho bêbado e casara com ele assim mesmo", tanto apanha da sogra que acaba parindo uma menina morta. Dora tivera um pai que "saíra pelo mundo afora" e um filho que "entregara ao homem com quem deitara uma vez só e criara barriga". Filó Gazogênia morre separada de sua filha e de sua neta por conta da doença que involuntariamente lhes transmitiu. Primo Joel tem, como mulheres, três irmãs, o que desperta a censura moral dos vizinhos, para os quais vivem "em pecado mortal".

A miríade de personagens presentes em *Becos da memória*, cada qual protagonista de uma narrativa singular, evidencia as "grandezas e misérias" da favela – que se torna, desse modo, uma representação da humanidade. Não por acaso, no início e no desfecho da obra aparece a imagem de Vó Rita, a grande matriarca, figurada como potência geradora nos sonhos de Maria-Nova. E não menos importante, no encerramento do livro, é a menção à gravidez de Dora, alusiva ao nascimento de uma vida que dela herdará a ânsia por liberdade; e do pai, Negro Alírio, a força transformadora e a esperança inabalável.

INSUBMISSAS LÁGRIMAS DE MULHERES

Primeiro livro de contos de Conceição Evaristo, *Insubmissas lágrimas de mulheres* foi publicado em 2011, pela editora Nandyala. Cinco anos depois, a editora Malê relançou a obra, em edição comemorativa aos 70 anos da autora. O livro já foi traduzido para o francês. *Insubmissas lágrimas de mulheres* ocupa um espaço fundamental na produção evaristiana por dois motivos: primeiro porque a publicação da obra evidenciou a versatilidade de Conceição Evaristo, como escritora disposta a enveredar pelos principais gêneros literários (em que pese o fato de sua produção contística já aparecer nos *Cadernos Negros* desde o início dos anos 1990, a publicação em volume de suas narrativas curtas teve a importância simbólica de afirmar o seu compromisso com esse registro discursivo, considerando-se o valor atribuído ao objeto livro em nossa sociedade); segundo, por concretizar mais uma significativa etapa no processo de construção de um projeto estético ancorado no conceito de escrevivência.

Com efeito, o texto prefacial à obra – que dialoga explicitamente com aqueles presentes em *Becos da memória* e *Poemas da recordação e outros movimentos*, em particular – reitera a disposição ao acolhimento de histórias alheias, submetidas a um processo de elaboração criativa que, ensejando a invenção, aprofunda o fosso "entre o vivido e o escrito", facultando à autora os caminhos para prosseguir "no premeditado ato de traçar uma escrevivência". Vale notar que essa abertura empática é reiterada nos trechos que abrem os contos, nos quais a narradora se apresenta como "viciada em ouvir histórias alheias" ou admite a posição de "confessionário"; ademais, o destaque conferido a elementos não-verbais da comunicação reitera o propósito evaristiano de inscrever na escrita gestos e expressões corporais que ultrapassam os limites das palavras.

Insubmissas lágrimas de mulheres é constituído por 13 contos, todos intitulados com nomes de mulheres, o que já suscita alguns questionamentos a quem se depara com a obra. Considerando-se o exposto no texto prefacial, pode-se indagar: seriam os títulos um registro mais ou menos explícito das identidades daquelas mulheres que compartilharam com a autora/narradora suas histórias – o que poderia ser entendido como uma forma de atribuir-lhes um papel de coautoras das narrativas? Por outro lado, o título do volume já indicia o propósito de investir contra um conjunto de estereótipos, ao evocar uma expressão afetiva associada a um modelo conservador de feminilidade ("lágrimas de mulheres") que, no entanto, é subvertida pela imposição de um adjetivo que enfatiza a uma disposição à resistência, em oposição à docilidade esperada ("insubmissas"). Vale notar que essa subversão é indissociável do projeto estético de uma escritora que, afirmando-se mulher e negra, rejeita peremptoriamente os parâmetros de gênero e raça estabelecidos pela tradição canônica e pelo ideário hegemônico.

A violência de gênero perpassa diversas narrativas coligidas no volume, transfigurando literariamente situações reais vivenciadas cotidianamente por mulheres negras e ensejando a construção de uma relação empática entre a narradora e as personagens. Já no primeiro conto, conhecemos a trajetória de Aramides Florença, que vê a experiência da paternidade converter o seu antes amoroso parceiro – por ela cuidadosamente escolhido como alguém que apresentaria os atributos de pai e companheiro ideal – em um homem violento e possessivo. O processo ao longo do qual microviolências se intensificam, até culminarem na brutalidade da violação sexual, reproduz uma dinâmica historicamente estabelecida pelas estruturas patriarcais ainda vigentes na sociedade. Encontramos uma situação similar em "Shirley Paixão", conto no qual o pungente tema do abuso sexual intrafamiliar ocupa um lugar central; apenas a formação de uma "confraria de mulheres" pode impor limites à violência masculina – possibilitando, por fim, a construção de caminhos para a superação das experiências dolorosas. O tema da maternidade retorna em outras narrativas do volume, sendo notável o modo como é apresentado em *"Saura Benevides Amarantino", que problematiza o ideal do "amor materno". Já tendo concebido e criado uma menina e um menino, a protagonista engravida pela terceira vez quando se envolve com colega de infância, após a morte de seu marido, o que lança sobre ela todo o peso da censura social. A "enjeitada gravidez" acaba se transformando em ódio pela filha, o que leva a personagem a reconhecer os limites de seu afeto, independentemente dos julgamentos alheios.*

Em "Natalina Soledad", a protagonista é apresentada, já na sentença que abre o conto, como uma mulher que criou o seu próprio nome. Rejeitada pelo pai e pela mãe por ter nascido com um corpo designado como feminino – "a sétima, depois dos seis filhos homens" –, recebe o pejorativo nome de "Troçoleia Malvina Silveira", devendo-se o respeito ao sobrenome apenas à preocupação patriarcal de afastar suspeitas de desonra. A trajetória da personagem remete, portanto, a violentos processos de apagamento associados à raça e ao gênero, o que enseja a paulatina construção de uma resistência que resulta na autodeterminação, concretizada no propósito de "inventar para si outro nome" – o que finalmente ocorre quando a personagem, aos trinta anos, abdica de todas as heranças familiares e opta pelo novo nome, alcançando a almejada emancipação. A nomeação também encerra um sentido fulcral em "Maria do Rosário Imaculada dos Santos", conto no qual a protagonista manifesta seu desconforto com o "peso dessa feminina santidade" que carrega em seu nome, reiterando nada ter de "imaculada". Ainda na infância, o sequestro por um casal "estrangeiro" (na verdade, pessoas do sul do Brasil) tem um efeito traumático – na elaboração posterior da narradora, assume uma figuração que alude ao sequestro colonial de pessoas africanas –, gerando uma ânsia pelo retorno: "a força do desejo dos perdidos em busca do caminho de casa". Por fim, é significativo que a "salvação" seja possível "na ambiência dos estudos", o que remete à importância do conhecimento para a luta por emancipação. Esse temário também se faz presente em "Mary Benedita", conto no qual a viagem da protagonista para a capital, ainda criança, oferece uma oportunidade para a dedicação aos estudos e para o desenvolvimento de propensões artísticas que resultam em obras internacionalmente reconhecidas, cuja singularidade deriva da relação construída com a ancestralidade – inclusive, através do próprio corpo.

Se a interseccionalidade das opressões perpassa toda a obra, há narrativas em que essa questão transparece de modo particularmente nítido. Ao dar voz a uma mulher idosa que abdica da vida sexual com um cônjuge que procura obsessivamente o rejuvenescimento nos corpos de mulheres mais jovens, "Adelha Santana Limoeiro" lança foco sobre a concepção patriarcal e falocêntrica da virilidade. Embora a atitude da protagonista possa sugerir uma resignação excessiva, importa notar a perspicácia de sua percepção crítica da condição do marido – que, ao procurar desesperadamente a recuperação do "vigor da juventude", acaba precipitando o seu próprio fim, o que oferece à protagonista uma possibilidade de libertação. "Isaltina Campo Belo" tematiza a lesbianidade de uma mulher negra que, embora percebida desde a infância, é reprimida em decorrência de uma criação conservadora. A tentativa compulsória de adequação aos parâmetros heteronormativos encaminha a protagonista para um episódio de violência que tem consequências devastadoras. *Vale ressaltar que o conto evidencia uma opressão matizada pelo racismo, considerando-se o modo como a hipersexualização do corpo da mulher negra é associada ao "estupro corretivo". Já o conto "Mirtes Aparecida da Luz" aborda o capacitismo, ao tematizar a situação de uma mulher negra com deficiência visual que, logo após dar à luz sua filha, é abandonada pelo companheiro. "Não sei o porquê da renúncia dele em continuar conosco", questiona a personagem, entre muitas perguntas sem respostas. Ao fim, o compartilhamento de experiências proporciona à narradora "a redescoberta de que os olhos sozinhos não veem tudo" – algo que constata quando se dispõe a ouvir a história de outra mulher que também exige uma mobilização de sentidos para além da visão e da escuta, no conto "Rose Dusreis". Já na infância, quando reconhece o talento para a dança, a protagonista deseja estudar com a professora Atília Bessa, mas se depara com uma dupla oposição: por parte da família, que prioriza ocupações que proporcionem "sustento para a sobrevivência"; e por parte da docente, que afirma a Rose que seu "tipo físico" não é "propício para o balé". Embora a personagem* encontre uma oportunidade de participar da apresentação planejada para o fim do ano, a convite de outra professora, representando uma bonequinha preta, e alcance destaque nos ensaios, ela acaba substituída por uma menina branca que dança pintada de preto. Após a morte do pai, entregue a uma congregação de freiras católicas, Rose consegue estudar canto e balé clássico, enquanto auxilia as trabalhadoras exploradas da instituição. Aos dezessete anos, já tendo retornado à casa materna, Rose encontra os caminhos para se tornar uma bailarina profissional; e é através da dança que a personagem consegue celebrar a vida, mesmo quando se descobre portadora da grave doença que vitimou sua irmã caçula.

A superação de uma experiência traumática é o tema central de "Líbia Moirã", cuja história é narrada a partir de um "quase pesadelo" de grande força simbólica. Os efeitos psicológicos e os empecilhos sociais ocasionados pelo sonho têm consequências graves para a protagonista, que chega a tentar o suicídio. Só na maturidade, um acontecimento fortuito permite à personagem compreender o sentido do pesadelo, decorrente de um trauma vivenciado na infância, o que oferece possibilidades de libertação. Note-se que o árduo e longo caminho percorrido até que essa compreensão fosse possível, prolongando-se por décadas, pode estar relacionado à dificuldade de Líbia Moirã para compartilhar com a narradora algo sobre a sua vida. Não menos significativo é o fato de que, após a personagem iniciar o seu relato, em nenhum momento a sua fala é interrompida pela narradora; isso pode ser interpretado como uma deferência, a partir do entendimento de que a reconstituição da trajetória pela personagem implica uma atualização do difícil processo de superação do trauma.

"Lia Gabriel", explicitamente associada pela narradora a várias outras mulheres presentes no volume, entre outras "deusas" e "mulheres salvadoras", descreve a tentativa da protagonista de lidar com a condição de seu filho mais novo, Máximo Gabriel, diagnosticado como esquizofrênico. Além de propiciar relevantes reflexões sobre a exclusão social de pessoas neurodiversas, o conto também aborda o modo como são atingidas pelas consequências da violência doméstica – algo evidenciado, na narrativa, pela luta de Máximo Gabriel contra o "monstro" que o persegue.

Protagonista do conto que encerra o volume, cujo título leva o seu nome, Regina Anastácia é apresentada como uma mulher de 91 anos, já de início associada a outras "rainhas negras" – Rainha Anastácia, Mãe Meninazinha d'Oxum, Clementina de Jesus, Ruth de Souza e Nina Simone, entre outras, o que remete ao tema da ancestralidade; vale notar que, identificando-se explicitamente à autora empírica, a narradora também associa a personagem à sua própria mãe, Joana Josefina Evaristo. Tendo emigrado com sua família, nos anos 1920, para a cidade de Rios Fundos, à procura de uma vida melhor, Regina Anastácia se envolve com Jorge D'Antanho – jovem que se rebela contra a própria família, dona de tudo na cidade, exceto do clube "Antes do sol se pôr", criado como lugar de resistência por africanos escravizados. Não por acaso, o nome da agremiação ressurge insistentemente ao longo da narrativa, em momentos precisos. É na tendinha "Saíba e Anastácia", erguida para vender doces e pães, desafiando o poderio dos D'Antanho, que a convivência entre Regina e Jorge se intensifica. Apesar das reservas e conflitos familiares decorrentes do namoro, o casamento ocorre, com o acolhimento de Jorge pela família da esposa, com quem tem filhos e constrói um espaço de liberdade. Ainda que possa ser lido como uma história de amor, o relato de "Regina Anastácia" tematiza densas questões sociais e raciais que se revelam à leitura atenta.

Em que pese a dor que perpassa as narrativas compiladas

em *Insubmissas lágrimas de mulheres*, as perspectivas de libertação presentes nos contos evidenciam os efeitos da resistência aludida no título do volume. Inscrevendo-se no projeto estético evaristiano, trata-se de uma obra investida dos propósitos políticos intrínsecos à escrevivência como fundamento da prática literária.

POEMAS DA RECORDAÇÃO E OUTROS MOVIMENTOS

Primeiro volume a reunir a produção poética de Conceição Evaristo, *Poemas da recordação e outros movimentos* foi editado pela Nandyala, em 2008; no ano seguinte, a obra foi finalista do Prêmio Portugal Telecom. Em 2017, a editora Malê publicou a segunda edição do livro: ampliada, a obra reúne 65 poemas, alguns dos quais anteriormente publicados nos *Cadernos Negros*. A obra já foi traduzida para o francês.

Já o título do livro evidencia a memória como um tema que perpassa a obra, ainda que se trate de um motivo presente em toda a produção literária de Conceição Evaristo; vale atentar, no entanto, para a referência a "outros movimentos", o que indicia a presença de uma pluralidade de disposições subjetivas e afetivas. A ideia de "movimento" é também sugerida pela estruturação da obra: os poemas são distribuídos em seis conjuntos de extensão desigual, cada qual antecedido por um breve texto em prosa que, à maneira de epígrafe, opera como uma abertura para os textos líricos agrupados nas diversas seções. Desse modo, há uma voz autoral que conduz a sensibilidade leitora ao longo dos diversos "movimentos" líricos constitutivos da obra.

A primeira seção do livro, constituída por oito poemas, traz na abertura um texto que remete às recordações da infância: "O olho do sol batia sobre as roupas estendidas no varal e mamãe sorria feliz. [...] Tudo me causava uma comoção maior. A poesia me visitava e eu nem sabia". "Recordar é preciso", poema que abre essa seção – portanto, primeiro poema do livro – introduz um questionamento ontológico que emerge a partir da percepção de um mistério: "Sou eternamente náufraga, / mas os fundos oceanos não me amedrontam / e nem me imobilizam. / Uma paixão profunda é a boia que me emerge. / Sei que o mistério subsiste além das águas". O reconhecimento da subjetividade fragmentada é o que subjaz ao esforço pela reconstrução, que constitui um empreendimento coletivo – "Há tempos treino / o equilíbrio sobre / esse alquebrado corpo, / e, se inteira fui, / cada pedaço que guardo de mim / tem na memória o anelar / de outros pedaços" ("A roda dos não ausentes") – e cotidiano – "Todas as manhãs, junto ao nascente dia / ouço a minha voz-banzo, / âncora dos navios de nossa memória" ("Todas as manhãs") –, ainda que seus efeitos possam ser percebidos individualmente – "Na escuridão da noite / meu corpo igual, / boia lágrimas, oceânico, / crivando buscas / cravando sonhos / aquilombando esperanças / na escuridão da noite" ("Meu corpo igual"). Assim é que, na experiência presente, distinguem-se as marcas do passado: "O banzo renasce em mim. / Do negror de meus oceanos / a dor submerge revisitada / esfolando-me a pele / que se alevanta em sóis / e luas marcantes de um / tempo que está aqui" ("Filhos na rua").

Nos dez poemas reunidos na segunda seção do livro, o reconhecimento da condição de mulher – e do compartilhamento de heranças, experiências e opressões com outras mulheres – ocupa um lugar central. O texto de abertura já o enfatiza, ao tratar da relação entre filha e mãe: "O tempo passava e eu não deixava de vigiar a minha mãe. Ela era o meu tempo. Sol, se estava alegre; lágrimas, tempo de muitas chuvas. [...] Mas anterior a qualquer névoa, a qualquer chuva havia sempre o sorriso, a graça, o canto da brincadeira com as meninas-filhas ou como as meninas-filhas. Foi daquele tempo meu amalgamado ao dela que me nasceu a sensação de que cada mulher comporta em si a calma e o desespero". Essa seção se abre com dois dos mais conhecidos poemas de Conceição Evaristo: "Eu-mulher", que resgata os sentidos e as potências de que é investido o corpo designado como feminino ("Antes – agora – o que há de vir. / Eu fêmea-matriz. / Eu força-motriz. / Eu-mulher / abrigo da semente / moto-contínuo / do mundo"); e "Vozes-mulheres", poema que trata da construção da liberdade através de um processo dialético protagonizado exclusivamente por figuras femininas, ao longo de várias gerações ("A voz de minha filha / recolhe em si / a fala e o ato. / O ontem – o hoje – o agora. / Na voz de minha filha / se fará ouvir a ressonância / O eco da vida-liberdade"). A perene resistência feminina é tematizada também em poemas como "A noite não adormece nos olhos das mulheres" (escrito "em memória de Beatriz Nascimento", uma das mais importantes intelectuais e militantes negras brasileiras) e "Fêmea-fênix". Já a relação entre mãe e filha assoma nos poemas dedicados a Ainá, filha de Conceição Evaristo, nos quais sobressaem o tema do cuidado – "Menina, meu poema primeiro, / cuida de mim." ("Menina") – e o mútuo reconhecimento da condição de guardiãs do "tempo" e do "templo": "E ali, no altar do humano-sagrado rito / concebemos a vital urdidura / de uma nova escrita / tecida em nossas entranhas, / lugar-texto original" ("Bendito o sangue de nosso ventre").

Nos dezesseis poemas da terceira parte do livro, a espiritualidade avulta como tema, no sentido mais profundo – como antecipa o texto-epígrafe: "O povo em procissão, carregado de fé, calmo, em frente seguia mirando o andor do sagrado. O respingo da vela chorando, parafina derretida na pele da minha mão, ameaçava queimar minha fé-criança. Eu seguia. Desde então, aprendi que a queimação da pele é dor somente para quem tem uma rasa crença". O primeiro poema da seção, "Meu rosário", manifesta uma concepção de religiosidade que, aberta às heranças africanas e cristãs – "Nas contas de meu rosário eu canto Mamãe Oxum / e falo padres-nossos, ave-marias" –, não recusa a realidade material – "As contas do meu rosário fizeram calos nas minhas mãos, / pois são contas do trabalho na terra, nas fábricas, nas casas / nas escolas, nas ruas, no mundo. / As contas do meu rosário são contas vivas" – e as mais concretas necessidades e vivências humanas – "Do meu rosário eu sinto o borbulhar da fome / no estômago, no coração e nas cabeças vazias". A finitude é tema de poemas como "Favela", "A menina e a pipa-borboleta" e "O menino e a bola", que contemplam particularmente o destino imposto às vidas precarizadas. A esperança, manifesta na resiliência e na construção do amanhã, surge em textos como "Dias de kizomba" (sobre Abdias do Nascimento), "Cremos" (dedicado "ao poeta Nei Lopes"), "Na esperança, o homem", "Os bravos e serenos herdarão a terra" e "Poema de Natal".

A quarta seção de *Poemas da recordação e outros movimentos* reúne sete composições, sendo o conjunto mais breve do volume. No texto de abertura, a autora resgata o dia em que recebeu o apelido de Ave-serena, o que a motivou a "observar a serenidade das aves" – constatando que aquelas que possuem tal qualidade aprendem a "reaprumar o corpo" e "seguir adiante", "mesmo em momentos de profunda tormenta"; e "em breves, raros, mas mortais instantes", são capazes de "esgotar a sua própria tormenta", reerguendo-se depois. Desse modo, "à ave serena não é permitido cultivar o engano, ela sabe que o amor – dom maior da serenidade e do desespero – se realiza ou se anula por um triz". Nos poemas agrupados nessa seção, ganham destaque os afetos e seus efeitos, sendo imprescindível considerá-los como expressões de uma subjetividade que se reconhece habitante de um corpo generificado (como mulher) e racializado (como negro). A subjetividade desejante ganha voz em poemas como "Se à noite fizer sol" ("Se à noite fizer sol, / quebrarei minha casca-caramujo-corpo / e farei de meus poros crateras / para que os noturnos raios / atravessem de ponta a ponta / a porta mal guardada de meus desejos / onde na solitude brinco prazeres urdidos / na imaginária maciez de teus dedos") e "Frutífera" ("- Da partilha do fruto - / De meu corpo ofereço / as minhas frutescências / e ao leve desejo-roçar / de quem me acolhe, / entrego-me aos suados, / suaves e úmidos gestos / de indistintas mãos / e de indistintos punhos, / pois na maturação da fruta, / em sua casca quase-quase / rompida, / boca proibida não há"). As vivências afetivas e eróticas entre corpos femininos perpassam poemas como "M e M" ("A mulher quedou-se / e na quietude / encontrou sua nova veste / que suavemente se desfaz / em corpos iguais / que se roçam") e "Canção pr'amiga" ("Venha, minha dona, não tarde mais, / venha, minha amiga, minha seiva, / e me receba como um ganho, / a oferenda do amor é joia rara, / não resiste à esperança, à tardança, / volátil fragrância, de breve apanho").

A penúltima seção do livro reúne dezesseis composições, antecedidas por um texto-epígrafe que recorda o momento no qual "a luz da lamparina era apagada", fazendo eclodir a escuridão no pequeno cômodo em que a autora e suas irmãs dormiam com a mãe; isso a fazia mergulhar na noite e seus mistérios" – "e tudo parecia vazio a pedir algum gesto de preenchimento", ensejando a invenção de dizeres e um "jogo de escrever no escuro". Desse modo, a criação literária é figurada, em sua emergência primeira, como um "jogo" que tem lugar à noite: uma forma de preencher o esvaziamento próprio daquele momento de quietude, cujas peças eram os pedaços das vozes da mãe, das tias e das vizinhas. "De mãe", primeiro poema da seção, já o reafirma: "Foi a mãe que me fez sentir as flores / amassadas debaixo das pedras; / os corpos vazios rente às calçadas / e me ensinou, insisto, foi ela, / a fazer da palavra artifício / arte e ofício do meu canto, / da minha fala". O sentido inerentemente político da literatura de Conceição Evaristo assoma em poemas como "Da conjuração dos versos" ("E o silêncio escapou / ferindo a ordenança / e hoje o anverso / da mudez é a nudez / do nosso gritante verso / que se quer livre"), "Ao escrever..." ("Ao escrever a fome / com as palmas das mãos vazias / quando o buraco-estômago / expele famélicos desejos / há neste demente movimento / o sonho-esperança / de alguma migalha alimento") e "Inquisição", dedicado "ao poeta que nos nega" – de fato, o poema é uma resposta ao artigo em que Ferreira Gullar afirmou não ser possível falar em uma "literatura brasileira negra" ("Enquanto a inquisição / interroga / a minha existência, / e nega o negrume / do meu corpo-letra, / na semântica / da minha escrita, / prossigo"). Em outras composições, reafirma-se a importância da ancestralidade para o processo de criação literária: "Houve um tempo / em que a velha / temperando os meus dias / misturava o real e os sonhos / inventando alquimias" ("Da velha à menina", dedicado à "Tia Lia, em memória"); "Na face do velho / a rugas são letras, / palavras escritas na carne, / abecedário do viver" ("Do velho ao jovem"). Diversos poemas dessa seção se apresentam como um diálogo com outras escritoras e escritores; assim, fazem-se presentes Carolina Maria de Jesus e Clarice Lispector, em "Carolina na hora da estrela" ("E lá se vai Carolina / com os olhos fundos, / macabeando todas as dores do mundo... / Na hora da estrela, Clarice nem sabe / que uma mulher cata letras e escreve: / "De dia tenho sono e de noite poesia") e "Clarice no quarto de despejo" ("Clarice no quarto de despejo / lê a outra, lê Carolina, / a que na cópia das palavras, / faz de si a própria inventiva. / Clarice lê: / "despejo e desejos"); Carlos Drummond de Andrade – e Clarice – em "Pigmeia, Edmea e Macabéa" ("Se Raimundo / rimando com mundo / não é a solução, / Pigmea, Edmea e Macabéa, / nomes mulheres, versejam / entre si fêmeas rimas / na vastidão do mundo") e "No meio do caminho: deslizantes águas" ("Na advertência de Carlos / faço moucos meus ouvidos / e sigo com lágrimas-águas / contornando a tamanha / extensão da pedra"); e Adélia Prado, em "Só de sol a minha casa" ("Durante muito tempo, / também tive um sol / a inundar a nossa casa inteira, / tal a pequenez do cômodo").

Finalmente, a seção que encerra o livro reúne oito poemas. No texto-epígrafe, lemos: "E, apesar das acontecências do banzo, seguimos. Nossos passos vêm de longe... Sonhamos para além das cercas. O nosso campo para semear é vasto e ninguém, além de nós próprios, sabe que também inventamos a nossa Terra Prometida. É lá que realizamos a nossa semeadura". Trata-se, por conseguinte, de um conjunto de poemas acerca de perdas e mortes, mas também sobre a resistência perene e a disposição para seguir adiante. O poema que abre a seção, "Negro-estrela", é dedicado a Osvaldo, o companheiro que partiu, mas que permanece vivo na literatura ("Quero te viver, Negro-Estrela, / compondo em mim constelações / de tua presença, / para quando um de nós partir, / a saudade não chegar sorrateira, / vingativa da ausência, / mas chegar mansa, / revestida de lembranças / e amena cantar no peito / de quem ficou um poema / que transborde inteiro / a certeza da invisível presença"); a ele se segue "Tantas são as estrelas", dedicado à "Velha Lia" e a Rosangela, "Rosa que no sábado de um carnaval passado, vestiu a sua roupa de estrela e lá se foi" ("Não, eu me nego a acreditar que um corpo tombe vazio / e se desfaça no espaço feito poeira ou fumaça / adentrando no nada dos nadas / nadificando-se"). Outras composições tematizam o medo ("Só o medo", "Medo do escuro", "Medo das dores do parto") e a morte ("Coisa de pertença). Não obstante, encerrando o livro, "Apesar das acontecências do banzo" canta a força da coragem e a persistência ("Das acontecências do banzo / brotará em nós o abraço à vida / e seguiremos nossas rotas / de sal e mel / por entre Salmos, Axés e Aleluias"); e "Da calma e do silêncio" reafirma a importância da poesia na luta cotidiana pela sobrevivência ("Quando meus pés / abrandarem na marcha, / por favor, / não me forcem. / Caminhar para quê? / Deixem-me quedar, / deixem-me quieta, / na aparente inércia. / Nem todo viandante / anda estradas, / há mundos submersos, / que só o silêncio / da poesia penetra").

Ainda que diversas das composições presentes em *Poemas da recordação e outros movimentos* revisitem temas fundamentais da tradição literária (o amor, a finitude e a espiritualidade, por exemplo), a presença de um eu lírico que assume a condição de mulher negra propicia uma profunda ressignificação do repertório temático. Por outro lado, considerando-se que a poesia de Conceição Evaristo se evidencia não apenas tributária do influxo da memória pessoal, mas também vinculada à ancestralidade e às vivências históricas do povo negro – enquanto "recordação" –, importa considerar que essa ressignificação implica "movimentos" que resgatam um imaginário coletivo esquecido ou invisibilizado pelos discursos poéticos hegemônicos. Esses aspectos fazem de *Poemas da recordação e outros movimentos* uma obra inovadora e singular no contexto literário brasileiro.

HISTÓRIAS DE LEVES ENGANOS E PARECENÇAS

Publicado pela editora Malê em 2016 – em volume cuja capa traz uma ilustração da filha da autora, Ainá Evaristo –, *Histórias de leves enganos e parecenças* constitui uma nova incursão de Conceição Evaristo na ficção curta, seara em que se inscrevem seus dois livros imediatamente anteriores. Como aspectos notáveis, a obra apresenta uma variação maior na extensão dos textos, visto coligir tanto contos breves quanto uma novela; e um consistente afastamento do registro realista, o que vem suscitando diferentes interpretações pela crítica – que tem proposto para a obra leituras desde a clave animista ou a partir dos conceitos de insólito, fantástico ou maravilhoso. Essas questões são abordadas nos paratextos que abrem e encerram o volume: o texto de apresentação "Pilares e silhuetas do texto negro de Conceição Evaristo", assinado por Allan da Rosa; e o posfácio "A fortuna de Conceição", de Assunção de Maria Sousa e Silva. Para além disso, importa observar que recursos ficcionais mobilizados por Conceição Evaristo em *Histórias de leves enganos e parecenças* já se faziam presentes em obras anteriores, o que possibilita afirmar que sua escrita nunca permaneceu restrita aos parâmetros do realismo.

O texto prefacial à obra, em que já se pode identificar a voz da narradora, evoca a centralidade do conceito de escrevivência para a construção do volume, ao reiterar que as histórias ali compiladas nasceram de uma escuta que, propensa ao acolhimento, não recusa a abertura à ancestralidade. A escrita nasce, portanto, de alheias vozes e da memória, o que permite à narradora desempenhar a função de guardiã das vivências de um povo. A dimensão ética e política subjacente ao projeto estético evaristiano possibilita a compreensão do temário presente em *Histórias de leves enganos e parecenças*, que tangencia questões fulcrais para subjetividades e corpos negros.

Nos breves contos que abrem o volume, assoma a questão da afetividade, explorada sob aspectos diferentes, mas complementares. As duas primeiras narrativas propiciam reflexões acerca da solidão da mulher negra. O problema da protagonista de "Rosa Maria Rosa" é que "a moça murchava toda quando mãos estendidas vinham à procura dela"; a exceção eram "as crianças e mulheres velhas", que tinham acesso a um abraço "profundamente inebriante" – até que um momento de distração permite que o seu segredo seja descoberto. Já Inguitinha Minuzinha Paredes, protagonista da segunda narrativa, suporta zombarias acerca de seu nome – tratado por todos como se apelido fosse – até o dia em que resolve reagir, o que enfim lhe permite caminhar em paz. Em "Teias de aranha", encontramos um filho caçula que, tendo reiteradamente negado o acesso às redes na hora de dormir, já que a elas sempre acorriam os mais velhos, tem invocada em seu direito a "lei da proteção", segundo a qual "os maiores, mesmo se desprotegidos estão, devem acolher o menor desamparado"; o que suscita a construção de uma inusitada forma de solidariedade.

O motivo da ancestralidade emerge no conto "A moça de vestido amarelo", em que a protagonista Dóris da Conceição Aparecida manifesta, desde a infância, uma relação indissociável com a cor amarela. Enquanto todos buscam uma interpretação católica para os sonhos em que vê uma moça com um vestido daquela cor, associando-a a Nossa Senhora, apenas a avó, Dona Iduína, e o padre percebem, num primeiro momento, que isso revela algo guardado no inconsciente: a presença de Oxum, que se revela epifanicamente no momento da comunhão. A ancestralidade também é um tema central em "Fios de ouro", no qual conhecemos a história de Halima: sequestrada e trazida à força para o Brasil em 1852, permaneceu escravizada até o momento em que se cumpriu o destino comum a muitas mulheres de sua linhagem – o nascimento de uma aurífera cabeleira, oferecendo um caminho para a libertação. Note-se que, ao rememorar a trajetória da mãe de sua tataravó, a narradora do conto enfrenta o apagamento imposto pelo racismo e reconhece em seu próprio corpo os singulares traços que asseguram a liberdade coletiva, ao longo do tempo. Já "Os pés do dançarino" conta a história de Davenir, homem que, embora nascido na Dançolândia – "o dom de bem dançar era uma característica comum de todos os que ali tivessem nascido, ou que porventura tivessem escolhido viver na cidade" –, destaca-se por trazer de tal forma a dança entranhada no corpo que domina plenamente a arte, alcançando reconhecimento do público e da crítica e viajando pelo mundo. No entanto, quando retorna à cidade para receber uma homenagem, Davenir acaba cedendo à vaidade e desprezando as anciãs de Dançolândia, o que acarreta severas consequências – apenas superáveis através de um retorno às origens.

 O já aludido sincretismo religioso reaparece em contos como "Nossa Senhora das Luminescências", que descreve alguns dos milagres cotidianos operados por uma santa que atende a todos os tipos de demandas, oferecendo consolo e esperança a quem a evoca; e "O sagrado pão dos filhos", em que encontramos Andina Magnólia dos Santos, uma descendente de escravizados que, tendo nascido no período pós-abolição, preservava a ancestralidade através do culto a Zâmbi, que venerava ao lado de Jesus Cristo. Privada do direito de oferecer à prole o delicioso pão que aprendera a fazer com a sua mãe, conhecido como "a delícia das delícias", Andina Magnólia se torna capaz de multiplicar o pão sagrado a partir dos farelos e casquinhas que acolhia entre os seios, graças à presença de Zâmbi. O elemento religioso também emerge em "Os guris de Dolores Feliciana", pungente narrativa acerca do genocídio da juventude negra e de seus efeitos imediatos sobre a subjetividade das mulheres negras. Vale notar que o ritual diariamente cumprido pela protagonista possibilita uma interpretação do conto desde uma clave psicológica, assim como o encontro com a "Mater Dolorosa", que oferece uma consolação à personagem. Não obstante, a narrativa também utiliza recursos característicos da literatura de horror, habilmente manejados para o tratamento de motivos caros ao povo negro.

 Em "A menina e a gravata", conhecemos a protagonista Fémina Jasmine, que "desde pequena tinha um encantamento por gravatas", intenso a ponto de fazê-la investir contra homens que as utilizavam: já mocinha, "arrancava a peça de pescoços íntimos e estranhos que porventura se colocassem na direção de suas mãos". A expressão de gênero emerge como questão central no conto, em que a personagem jamais abre mão de seus anseios; ao fim, a incorporação do item à indumentária matrimonial propicia uma oportunidade de emancipação para todas as mulheres que acompanham a cerimônia.

 Texto de forte sentido alegórico, "Grota funda" narra a jornada de Alípio de Sá, "homem que tinha eloquência maior do que muitos profissionais do Direito", que "passou a estampar um olhar plácido, perdido do nada" e "um vocabulário minguado, resumido a quatro ou cinco palavras" após descer o abismo da Grota Funda – uma "enorme fenda, entre duas montanhas", que ao longo do tempo se tornara um lugar mítico, ensejando mil histórias e inspirando temor aos habitantes da cidade. Não por acaso, as lendas sempre evocavam o poder patriarcal, aludindo ao suicídio de um clérigo que não pudera concretizar seus desejos amorosos e vira sua amada passeando com o namorado; ao infanticídio perpetrado por um pai que vingara a morte da esposa, na hora do parto; ou à morte de duas mulheres que, diante da impossibilidade de vivenciar uma relação lesboafetiva, lançaram-se no abismo. Tido como o mais forte entre os homens fortes da cidade, Alípio de Sá toma a "corajosa decisão de vasculhar o abismo", descendo por "uma corda de mais de mil metros"; e sofre os efeitos da contemplação do mistério, que lhe cala a voz e transforma o olhar. Desse modo, também em "Grota funda" encontramos recursos da literatura de horror, agora utilizados para uma contundente crítica ao ideário patriarcal. Não menos alegórico é o conto "Mansões e puxadinhos", em que a geografia da desigualdade transparece no morro "Das Asas de Anjo", descrito como "um dos cartões postais mais bonitos da cidade". Os habitantes de luxuosas residências construídas no alto do morro são atormentados por um fétido odor, de origem inexplicável, por eles atribuído aos pobres moradores de "puxadinhos" construídos num território contíguo, por eles sequer percebidos como vizinhos – ainda que nos puxadinhos residissem muitas pessoas que trabalhavam nas mansões. A imposta higienização do território, após a misteriosa aparição de uma "pesada nuvem de fumaça", acaba tendo um efeito imprevisto, quando as espumas que descem dos puxadinhos confluem com as espumas das águas do mar – num "momento de rara beleza" que, soterrando as mansões, produz um espaço no qual os habitantes dos puxadinhos podem cantar e dançar.

Histórias de leves enganos e parecenças se encerra com "Sabela", novela que ocupa mais de um terço do volume. Trata-se de uma narrativa que versa sobre não apenas uma, mas sobre várias mulheres Sabelas, que compartilham memórias e saberes ao longo de gerações, desde obscuras origens que aludem aos povos africanos. Responsáveis por uma série de eventos disruptivos, dotadas de uma insondável ligação com os mistérios da natureza, a trajetória das Sabelas se entrelaça com as de outras figuras singulares – como Irisverde e o Menino Rouxinol, entre outros personagens socialmente marginalizados que, de diferentes modos, conseguem salvar-se do dilúvio anunciado pelas águas que se moviam sob a cama de Mamãe Sabela. A segunda parte da novela abre espaço para que esse personagens compartilhem as suas próprias memórias, afastando os riscos de construção de uma narrativa única e possibilitando o acesso aos "muitos sentidos de uma mesma história". Isso é o que possibilita que, na terceira e última parte, a narradora sopese os relatos e os esquecimentos, apelando a "vozes múltiplas e diversas" para recontar a história das águas. Note-se, portanto, que "Sabela" pode ser lido como uma narrativa epilogal, que dialoga profundamente com o temário abordado nos contos que a antecedem e que perpassa toda a produção literária evaristiana.

Histórias de leves enganos e parecenças evidencia o domínio da narrativa curta por Conceição Evaristo, bem como seu vasto repertório de recursos técnicos, reafirmando a sua capacidade de revisitar e subverter temas da tradição literária, já presentes em outros momentos de sua obra; e ratificando o seu profícuo aproveitamento de motivos e questões que dialogam com o imaginário popular.

CANÇÃO PARA NINAR MENINO GRANDE

Publicado em 2018 pela editora Unipalmares, *Canção para ninar menino grande* assinalou um retorno de Conceição Evaristo à ficção extensa, em uma obra inicialmente qualificada pela crítica como uma novela. Em 2022, o livro ganhou uma segunda edição, consideravelmente ampliada, pela editora Pallas, passando a ser comumente categorizado como um romance. O volume tem a quarta capa assinada por Jeferson Tenório, que descreve a obra como "um mosaico afetuoso de experiências negras"; já o texto de orelha, escrito por Valter Hugo Mãe, saúda Conceição Evaristo como "uma escritora sagrada".

Oferecido "a todas as pessoas que se enveredam pelos caminhos da paixão e que, mesmo se resfolegando em meio a muitas pedras, não se esquecem do gozo que as águas permitem", *Canção para ninar menino grande* é apresentado pela autora como "uma celebração ao amor e às suas demências" e como "um júbilo à vida", que lhe permite embaralhar "vivência e criação, vivência e escrita" enquanto "escrevivência" (a esse propósito, vale destacar os agradecimentos a mulheres cuja escuta propiciou a construção da obra). A ampliação do texto, na segunda edição, é justificada em "Das minúcias ao engrandecimento", quando a voz narradora afirma ter percebido "vazios no relato" anteriormente publicado, decorrentes de uma falha na narração ou de um descuido na escuta. Reescrita, a obra passa a incluir, além das histórias de Juventina, Neide, Pérola Maria, Angelina e Eleonora, também as histórias de Aurora, Antonieta, Dolores e Dalva, resultando em uma narrativa "quase completa, quase-quase".

A voz narradora de *Canção para ninar menino grande* afirma ter escrito uma história que lhe foi contada por Juventina Maria Perpétua; não obstante, compõem o texto histórias de amor envolvendo muitas mulheres, sempre ao redor de uma mesma figura masculina: Fio Jasmim. Máximo Jasmim, pai do personagem, deixara pelo interior das Gerais uma prole de dezessete filhos, dos quais Fio era um dos mais novos – gerado em uma menina de quinze anos, quando Máximo já tinha quase sessenta. Do pai, Fio aprendera a "ancorar seu corpo nos corpos de diversas mulheres".

Juventina – em outros tempos, Tina – fora apaixonada por Fio, a quem enviara inúmeras cartas de amor. Quando o conheceu, ela era uma jovem de dezessete anos (embora, nas lembranças de Fio Jasmim, ela tivesse "acabado de completar dezoito anos" – haveria uma intenção oculta nesse equívoco, que tornaria Tina um pouco mais velha?). Fio tinha trinta e três anos e já era casado, desde os vinte, com Pérola Maria; mas não apenas com ela Fio tivera filhos, já que era apontado como genitor de diversas crianças da vizinhança. Contudo, embora ciente das muitas infidelidades do marido – conhecendo, inclusive, as cartas escritas por Tina –, Pérola tudo aceitava: seu prazer era ter filhos; "o que ela esperava de Fio era a garantia de engravidar para parir depois".

Tendo crescido afastada dos homens, a Tina que conheceu Fio Jasmim, "quase menina ainda, nada sabia de amor e pouco de sexo". A mãe, Alda Jovelina, a proibira de ter contato com o pai (Tina guardara a lembrança do dia em que o encontrou na rua, sujo de tinta e sobre uma bicicleta velha, a exibir "o peito cheio de pelos", enquanto atribuía seu distanciamento aos ciúmes de Alda), e Tina não convivia com outras figuras masculinas (à exceção do tio Antônio Pedro Miango, que, fazendo as vezes de pai, contava-lhe histórias e lhe apontava os lápis). Em decorrência disso, Fio foi o primeiro homem que Tina conheceu – o que ocorreu por acaso, quando ela visitava sua prima Floripes, vizinha de Pérola Maria e de seu esposo. O amor de Tina perturbara Fio Jasmim, fazendo com que ele se vitimizasse ("havia algo em Tina que deixava Jasmim conturbado e preso"). Já o primeiro encontro o abalara, já que "ela parecia fazer movimentos não em direção a ele, mas sobre ele. Era como se quisesse se acomodar bem no alto da cabeça dele" – o que lhe traz à lembrança os tempos de criança, quando a mãe expressava preocupação com a sua moleira aberta; dele se dizia que a moleira "não fechava nunca" (de fato, isso só ocorreu quando já tinha nove anos – mas tantas eram suas proezas que, aparentemente, a fenda jamais se fechara inteiramente).

  Embora muitas vezes alertada, e apesar dos exemplos que tinha na própria família de mulheres abandonadas por homens, Tina se envolveu com Fio Jasmim: ele "logo-logo se tornou necessitado do corpo e do amor dela"; ela "tinha um corpo virgem de toques, mas que se eriçava todo ávido sob o olhar dele". Esperando encontrá-lo, Tina passou a frequentar mais vezes a casa da prima, o que lhe permitia ver Fio Jasmim na casa ao lado. Tina se dedicou por inteiro à relação: "seu corpo, seu amor, sua vida foram oferendas para o Fio Jasmim durante anos e anos". Por sua vez, Fio encontrou uma forma de conciliar os relacionamentos com as duas mulheres: preservando a virgindade de Tina – fazendo "só carinhos superficiais, com os dedos e a boca" –, ele cumpria os "rituais de iniciação"; com Pérola Maria, que "sempre queria o gozo do marido dentro dela", Fio chegava ao final de seu "jogo". Assim, o corpo da personagem se habituou a essa forma de prazer: "nunca mais, nem em desejo, Juventina imaginou outra pessoa a lhe tomar o corpo". Isso perdurou até que, por decisão de Tina, a relação chegou ao fim: desejosa de entender seus próprios sentimentos, a personagem decidiu "viajar de cidade em cidade, parar em lugar algum"; e, juntando suas histórias de amor, "entender sobre os modos de as mulheres amarem". Se Fio Jasmim nada oferecera a Tina ("O próprio ato do jogo do prazer fora sempre incompleto. Nunca tinha se adentrado na moça. Nunca tinha se dado inteiro para ela. Nem havia perguntado se a forma de prazer que ele oferecia cumpria os desejos dela"), ele viria a descobrir que, após tantos anos, "Tina era uma mulher que se fez livre".

 Fio Jasmim viveu entre muitos amores. Em Vale dos Laranjais, conhecera Neide Paranhos da Silva, que integrava uma das poucas famílias negras donas de terras daquela região. O nome "Paranhos", herdado dos tempos de escravatura, para a família "ganhara um sentido de enfrentamento aos brancos": "para além de ser um destino histórico, era uma velada reivindicação de uma fortuna familiar dos brancos, que em grande parte era de pertença dos negros 'Paranhos'". Já o sobrenome "Silva" fora voluntariamente introduzido: "apesar de ser também uma alcunha do legado português, marcava um difuso pertencimento genealógico de uma infinidade de pessoas", assinalando "a impossibilidade de recuperação dos nomes africanos perdidos no tempo", como lamentava Vó Ismênia. Embora lhe fosse oferecida a possibilidade de sair da cidade para tentar uma carreira ou aprofundar os estudos, Neide preferiu permanecer junto dos seus, disposição por todos bem recebida; Ismênia, contudo, "carinhosamente avisou à moça que uma separação entre elas aconteceria mais cedo ou mais tarde".

Escolhida pelos familiares para recepcionar, na estação de trem, os que chegavam à cidade na temporada da colheita, Neide aceitou a incumbência, embora não gostasse da fruta no período da alta safra ("Neide só se identificava com a fruta temporã. Só a tardia, a da baixa safra. Somente a rara frutescência daquela ocasião tinha o poder de entranhar e seduzir todos os sentidos de Neide"). Levando as dádivas preparadas por Vó Ismênia, a moça foi para a estação, onde atraiu a atenção de Fio Jasmim, já então prestes a se casar com Pérola Maria. O que encantou o visitante foram, sobretudo, os pés de Neide: "pés cobertos por sandálias de tiras coloridas, que, mesmo parados, pareciam ter desejo e força para ganhar o mundo"; pés que lhe pareciam os de uma "Cinderela negra", levando-o a pensar em si mesmo como um "Príncipe Negro" que, "na festa que haveria na casa dela, perto da estação, iria beijá-los e calçá-los". O namoro logo chegou ao fim, devido à transferência de Fio para uma nova rota, no extremo sul do estado; foi nesse momento – justamente na época da colheita do fruto temporão – que Neide, decidida a não casar, pediu a Fio que lhe fizesse um filho. A gravidez surpreendeu os familiares da moça, que foram tomados pela vergonha – à exceção de Vó Ismênia, que compreendera "a pré-anunciação da gravidez de sua neta" quando a viu de mãos dadas com o ajudante de maquinista. Contudo, Neide tão bem guardou o segredo que nem o filho soube o nome do pai, e nem o pai teve certeza da existência do filho.

Ainda antes do casamento com Pérola Maria, Fio Jasmim

conheceu Angelina Devaneia da Cruz, na cidade de Alma das Flores. Enfermeira, filha mais velha de sete irmãs, Angelina tratava como filha sua irmã caçula, alcunhada Setimazinha, após a morte da mãe Dorinda – que, consumida por uma profunda tristeza após o último parto, abraçou a morte por vontade própria. Angelina nutria a esperança de se casar: tinha vestido de noiva, enxoval completo e escolhera os padrinhos; tamanho era o seu entusiasmo com o casamento que toda a cidade esperava a chegada do noivo. Num sábado, Véspera da Páscoa, o trem chegou a Alma das Flores; e, em decorrência de um mal-entendido, Fio Jasmim foi anunciado como sendo o noivo de Angelina. Convencido pelos amigos e "ávido de brincadeiras", Fio entrou no jogo; todavia, Angelina descobriu a farsa pouco antes de sua partida. Setimazinha reconheceu em seus gemidos o choro da mãe, e o corpo de Angelina foi recolhido numa ribanceira. Uma semana antes do casamento, Pérola Maria chegou a receber notícias sobre uma mulher, apaixonada por seu noivo, que se matara; no entanto, as informações eram dispersas: seria uma mulher bem mais velha, que cultivava laranjais em Vale das Almas e que jamais teria permitido que Fio Jasmim conhecesse o filho. A despeito das admoestações de seus pais, Pérola Maria decidiu manter o casamento, considerando que tudo não passava de fofocas nascidas da inveja de outras mulheres.

Na Vila Azul, assim nomeada por haver ali muitos lírios africanos (*agapanthus* – nome cuja origem etimológica remete a "flor" e "amor"), Fio Jasmim conheceu Aurora Correa Liberto. Aurora era a "mulher sem juízo", assim qualificada por sua inadequação ao mundo patriarcal, pela recusa a submeter-se ao desejo masculino, e à própria ordem dos gêneros. Embora ligada às águas – elemento tradicionalmente feminino –, onde se banhava sem roupas, tinha a moleira aberta, assim como Fio Jasmim; assim como ele, Aurora despertava os desejos femininos. É nesse sentido que, para o protagonista, enquanto representação da masculinidade, ceder a Aurora implicou uma "falha", em decorrência do desvio das expectativas patriarcais e da imposição do consentimento. Arrependido pela falta, Fio Jasmim prometeu não se envolver com mulher nenhuma na cidade de Remanso Velho; promessa que logo esqueceu perante a beleza de Antonieta Véritas da Silva, também motivado pelas caçoadas dos outros maquinistas. Não obstante, a experiência foi novamente desestabilizadora, algo evidenciado pela mudez de Fio perante a autonomia e a potência imaginativa de Antonieta – o que possibilitou a conjugação dos desejos desde uma perspectiva feminina. A insubmissão feminina se concretizou no posterior deslocamento de Antonieta para uma casa próxima àquela em que foram viver Fio Jasmim e sua esposa, para onde Antonieta levou o filho, batizado de "Jasminzinho".

Em Ardência Antiga, Fio Jasmim conheceu Dolores dos Santos: a mulher que herdara da mãe e do avô o dom de conhecer pedras preciosas a olho nu, mas que não conseguia reconhecer a sinceridade dos homens – e que não conseguiu, por isso, adivinhar as verdadeiras intenções de Fio Jasmim, quando este foi à sua loja em busca de joias para Pérola Maria (que já lhe dera então filhos, mas a quem Fio se referia como se fosse sua irmã). Dos encontros nas duas Ardências – a Antiga e a Nova –, Dolores guardaria as filhas gêmeas, Rubia e Safira, de cujo pai se "deslembraria" até encontrar, numa foto, a resposta para a pergunta que por longo tempo a perturbara: quem era Pérola Maria? A consciência de que Pérola se assemelhava a tantas outras mulheres – à mãe e à avó de Dolores, às suas vizinhas, a outras conhecidas – apaziguaria o seu desejo de vingança. Já na cidade de Águas Infindas, Fio Jasmim conheceu Dalva Amorato, a "Dalva Ruiva", quando esta o visitou no hospital, após um acidente, e lhe ofereceu hospedagem. Tendo passado a infância na roça, Dalva "desde menina entendeu que seria, ela mesma, a única pessoa capaz de mudar o seu destino". Posteriormente abandonada por um marido incapaz de lidar com sua autonomia, Dalva partiu para a cidade de Dias Felizes, onde conseguiu, recorrendo ao trabalho sexual, levar adiante o seu projeto de estudar Farmácia e sustentar os filhos. Dalva não cuidaria de Fio em Águas Infindas, mas o reencontraria na cidade de Grande Infância e em várias outras viagens, o que lhes permitiria "renovar prazeres ao longo do tempo". Fio Jasmim seria o pai de três dos cinco filhos de Dalva Ruiva: aqueles que perderiam a alvura da pele graças ao "príncipe negro".

 A primeira mulher de quem Fio Jasmim se aproximou não para cortejá-la, mas para pedir amparo, foi Eleonora Distinta de Sá; ainda que essas não fossem as intenções iniciais do personagem, "o olhar triste e vazio da moça" acabaram fazendo com que ele se sentisse "só e triste também". Expulsa de casa aos dezessete anos, após ter sido flagrada aos beijos com Nina – então prima da namorada de seu irmão –, Eleonora conseguiu construir uma vida economicamente confortável, mas distante da mulher amada. Quando finalmente teve a oportunidade de reencontrá-la, o acaso não permitiu que isso acontecesse; mas ensejou o encontro entre Fio Jasmim e Eleonora – que, "cúmplices na solidão", selaram a amizade a partir de seus segredos ("Jasmim não podia viver sem as suas mulheres. Eleonora também não"). Para Eleonora, que crescera acreditando na necessidade de dividir o mundo em uma parte para as mulheres e outra para os homens, a ocasião permitiu perceber que aquele que via como seu inimigo "também guardava a angústia humana"; quanto a Jasmim, pela primeira vez percebera que "o mais sagrado de uma mulher pode se encontrar para além do corpo". Eleonora teve uma ação profundamente transformadora sobre Fio Jasmim, chegando a mudar a sua percepção sobre "relações amorosas entre pessoas iguais" – levando-o a admitir, inclusive, a possibilidade de que duas mulheres se amassem "entre si até o infinito". Para além disso, constatando a dor de Eleonora devido ao amor não vivido, Fio enfim se questionou sobre a sua própria felicidade e a das mulheres que passaram por sua vida.

Desse modo, a mulher que Fio Jasmim nunca cortejou foi quem lhe ensinou "a lição de cunho mais severo e doce", desconstruindo o modelo de masculinidade que o assujeitara. A disposição para se tornar um "Príncipe Negro", papel que diversas vezes assumiria, nascera quando Fio, aos oito anos, conhecera a história de Cinderela, através de Dona Celeste – professora que o impedira de encarnar o papel de príncipe, destinado a um menininho louro. Fio também se habituara, desde jovem, a "engolir o choro e deixar de lado qualquer sentimento que parecesse dor de tristeza". Com os pais e com os homens mais velhos, aprendera a ser "um sujeito bom e certo" consoante os parâmetros patriarcais, suprindo as necessidades de sua mulher e dos filhos que sabia serem seus (e ajudando os outros, "na medida do possível"). Foi Eleonora quem ensinou Fio Jasmim a admitir a sua vulnerabilidade e a perceber que a vida não precisava se limitar ao "território macho"; e foi para Eleonora que o protagonista revelou o destino da "Canção para ninar menino grande", composta para ele por Tina e oferecida como surpresa após uma longa ausência: a partitura ficou em uma caixa que, originalmente, guardava "um antigo modelo de camisa que simbolizava bem a vaidade e o poder aquisitivo dos homens que a possuíam na época". Tina criara a canção para abrir um grande musical, construído a partir da sua história de amor e das histórias de amor de outras mulheres.

Como é característico da produção literária de Conceição Evaristo, *Canção para ninar menino grande* apresenta uma estruturação complexa, que faz uso de diversos recursos alegóricos e intertextuais. A construção de narrativas em torno de Fio Jasmim viabiliza uma densa crítica à masculinidade: herdeiro de práticas patriarcais que dele fizeram um "dos tais que gostavam de brincar com as mulheres", foi justamente a partir do encontro com uma mulher que o personagem compreendeu que havia outros modos de estar no mundo, não reduzindo as mulheres aos seus corpos; "que a vida não se resumia no encaixe do entremeio de pernas de um macho com o entremeio de pernas de uma fêmea". Eleonora, a mulher com quem se tornou "unha e carne", possibilitou que o personagem "atentasse para as próprias dores e para as que existem no mundo". Foi uma mulher que, através do amor, permitiu a Fio Jasmim descobrir a possibilidade de salvar-se como homem.

No que tange à intertextualidade, são patentes elementos próprios dos contos de fadas (como a incorporação da figura do "Príncipe Negro" por Fio Jasmim diante de sua "Cinderela negra", Neide Paranhos, e de outras mulheres) e das narrativas bíblicas (a chegada do esperado noivo de Angelina Devaneia da Cruz, nome pleno de alusões, em pleno período da "malhação de Judas", é anunciada pelo menino Gabriel como uma "boa nova"; ela morre antes de completar trinta e três anos – a idade de Fio Jasmim quando conhece Tina, descrita como uma "Virgem de Ébano"). Há outros aspectos simbólicos na nomeação, alusiva a elementos naturais – como os nomes de flores dos personagens e o nome de Pérola, que se destaca entre as outras joias de "menor grandeza" colecionadas por Fio Jasmim; ou cognomes como "Distinta", de Eleonora, e "Liberto", de Aurora, entre outros alusivos às trajetórias das personagens e aos modos como se relacionam com o protagonista. Por fim, como exemplo de recurso alegórico, pode-se atentar para a conservação da partitura composta por Tina em uma caixa destinada a resguardar um ícone material do prestígio masculino, tornado obsoleto.

MACABÉA: FLOR DE MULUNGU

O mais recente livro de Conceição Evaristo, *Macabéa: Flor de Mulungu* foi lançado em 2023, na Festa Literária Internacional de Paraty. Publicado pela editora Oficina Raquel, o volume tem ilustrações de Luciana Nabuco, capa e projeto gráfico de Raquel Matsushita e posfácio de Natasha Felix.

Macabéa: Flor de Mulungu traz a versão ampliada de uma narrativa presente no livro *Clarice Lispector: personagens reescritos*, publicado há mais de dez anos antes pela Oficina Raquel. Essa obra reúne contos redigidos por doze escritoras e escritores sobre personagens clariceanos, a fim de homenagear a autora de *A paixão segundo G.H.*, 35 anos após o seu falecimento; a Conceição Evaristo, coubera recriar a figura central de *A hora da estrela*.

Pode-se questionar, a esse propósito: o que subjaz a esse retorno da autora à narrativa, mais de uma década após a publicação de *Clarice Lispector: personagens reescritos*? Em outras palavras: o que impediu que a primeira aparição da Macabéa evaristiana tivesse um caráter definitivo, ensejando uma retomada do texto? Algumas pistas para isso podem ser rastreadas em declarações de Conceição Evaristo acerca da narrativa – a partir das quais é possível, ademais, construir caminhos de leitura para a obra.

Nesse sentido, avulta a compreensão desse período temporal

como uma espécie de gestação dilatada – na verdade, um segundo momento gestacional, no âmbito da trajetória evaristiana. Cabe evocar as ponderações de Conceição Evaristo sobre *A hora da estrela* como obra que, se encerra a produção clariceana (por ser a última obra publicada), simultaneamente constitui um recomeço, mediante uma espécie de inversão segundo a qual não mais a autora cria a obra literária, mas a obra literária cria a autora. Desse modo, o desaparecimento da autora empírica não impede a sua permanência através de um ato da personagem ficcional: é possível, no entendimento de Conceição Evaristo, pensar em uma Macabéa que renasce "parindo" Clarice.

Não obstante, cabe notar que conceder a Macabéa o lugar de mãe de Clarice implica a possibilidade de que haja outras gestações, ou seja: de que a personagem gere outras filhas (ou gere a si mesma através de outras autoras). Isso é o que subjaz à concepção de *Macabéa: Flor de Mulungu*, como resultado de uma nova gestação de Macabéa – ou, mais precisamente, de uma dupla gestação, da qual Macabéa renasce em dois momentos (o que pode ensejar novos questionamentos: teria a Macabéa evaristiana de 2012 nascido de um *parto prematuro? Ou seria a Macabéa evaristiana de 2023 uma filha temporã?*).

O entendimento de Macabéa como filha-mãe é fundamental para uma compreensão aprofundada do projeto de Conceição Evaristo. É o que torna possível, com efeito, entender as duas Macabéas (a clariceana e a evaristiana) como gêmeas não-idênticas, geradas em diferentes úteros – o que determina as suas diferenças, a partir dos diversos contextos de produção. A Macabéa que nasceu em 1977, herdeira da trajetória existencial e literária de Clarice Lispector, não pode ser idêntica à Macabéa que renasce duplamente em 2012 e em

2023, herdeira da trajetória existencial e literária de Conceição Evaristo. A esse propósito, ressalta a autora de *Macabéa: Flor de Mulungu* que não há uma contradição entre elas, tampouco uma relação de confronto. De fato, o que há é um enigma proposto por Conceição Evaristo: trata-se de Macabéas gêmeas, ou de renascimentos de uma mesma Macabéa que se desdobra em irmãs? Quem para as autoras, Clarice e Conceição, é uma mesma Macabéa, ou são Macabéas-gêmeas?

No que tange à diegese, a obra evaristiana tem como ponto de partida o desfecho de *A hora da estrela*. Ao ver "de relance a moça Macabéa, caída e semimorta no chão", a narradora de *Macabéa: Flor de Mulungu* imagina "que a Flor de Mulungu seria para ela, ou melhor, seria ela"; uma suspeita que apenas mais tarde seria confirmada. Na narrativa evaristiana, a não-morte da personagem ocorre em agosto, mês de floração do mulungu, "árvore matriz" que "desafia o tempo que se diz ser o do agouro": assim como o vegetal que lhe é associado, a Macabéa evaristiana desafia supostas verdades. Por outro lado, os sentidos simbólicos se estendem, também, para as cores evocadas na narrativa: particularmente, o amarelo e o vermelho (predominantes no projeto gráfico e nas ilustrações do livro publicado pela Oficina Raquel). Para citar alguns poucos exemplos: perceba-se que, em *A hora da estrela*, Macabéa foi atropelada por um Mercedes amarelo; e o vermelho estava presente na "boquinha rechonchuda" de madama Carlota, que tinha em sua casa um quadro colorido "onde havia exposto em vermelho e dourado o coração de Cristo". Já na obra de Conceição Evaristo, essas cores surgem associadas à Macabéa e ao mulungu; remetendo, portanto, à determinação de não morrer (em oposição aos sentidos predominantes na narrativa clariceana).

Nas palavras de Clarice Lispector, *A hora da estrela tratava* de "uma inocência pisada" e de "uma miséria anônima"; já a narrativa de Conceição Evaristo constrói uma Macabéa que não é anônima, tampouco inocente. A esse propósito, cabe referir a ponderação de Natasha Felix no posfácio, intitulado "Por aquilo que vive": "A tarefa que Conceição Evaristo nos sugere, enquanto leitores, é ver – nunca olhar de relance – e ser as sapienciais que movimentam outros jogos com a memória, a fim de positivar as existências das Macabéas, sem enclausurá-las à narrativa do corpo em sofrimento".

Se o texto clariceano é atribuído a Rodrigo S. M., narrador incapaz de alcançar a realidade concreta de Macabéa (e que a descreve como "vazia, vazia"), são precisamente as semelhanças entre a narradora evaristiana e a personagem que lhe permitem ver a "Macabéa outra", "em seu estado de breve floração": uma Macabéa que não se resume à "brabeza do desamparo" ou à "solidão crônica" (note-se que essa intimidade entre narradora e personagem transparece, em diversos momentos, pelo tratamento "Béa"). Assim, a narrativa abre espaço para uma contestação das "verdades inventadas acerca de Macabéa", assim como das "dores imaginadas" para a personagem pela própria voz narradora, o que possibilita a emergência de outras formas de entendimento – que questionam a percepção da sua existência como uma "via-crúcis". Dialogando com uma vasta tradição literária (exemplificada, no texto, por menções a Gustave Flaubert, Agatha Christie, Bráulio Tavares e Marcos Bagno), Conceição Evaristo faz da sua própria obra um desafio a discursos literários que reproduzem lugares-comuns e a usos da linguagem condicionados por preconceitos (no texto clariceano, Rodrigo S. M. critica explicitamente o fato de Macabéa transpor a língua falada para a escrita).

Nem anônima, nem inocente, a Macabéa evaristiana tem uma trajetória singular, que lhe permite ter acesso a saberes ancestrais.

Embora seja "muito difícil, impossível quase, traçar com exatidão a árvore genealógica de Macabéa", Conceição Evaristo recupera as narrativas em torno da mestiçagem brasileira para ressaltar a presença de uma "trindade feminina" nas memórias de Macabéa acerca de sua própria origem, constituída por uma jovem indígena, uma mulher negra e uma velha portuguesa. Em sua (jamais nomeada) cidadezinha natal, Macabéa aprende competências diversas, dentre as quais três se destacam: era "ótima cerzideira", tinha "ofício de parteira" e "sabia da serventia de várias plantas" – conhecimentos herdados de seus "bons antecedentes", como enfatiza a narradora, subvertendo o uso de uma expressão estigmatizadora (no texto clariceano, Rodrigo S. M. menciona explicitamente os "maus antecedentes" da personagem).

As habilidades de Macabéa, por outro lado, investem-na de um sentido alegórico. Seu cerzir (na narrativa clariceana, associada aos "ombros curvos" da personagem) "não se resumia somente em restaurar os fios esgarçados", visto que se tratava "de recompor, de devolver a vida que ali existiu". Tornara-se parteira de modo inesperado, numa ocasião em que diversas mulheres começaram a parir juntas, mas não havia parteiras disponíveis – o que revelara sua aptidão para o "divino ofício", com cerca de quinze anos, já que ela "partejava as mulheres sem que nenhum rebento tomasse a via contrária". Por fim, o conhecimento das plantas ensinara Macabéa a preparar a infusão das folhas de mulungu, "apelidada como 'amansa senhor', 'capa--homem' e outras alcunhas". Assim, se no texto clariceano Macabéa era tratada apenas como "florzinha" (pela cartomante), na narrativa evaristiana ela é associada à potência de uma flor capaz de subverter o poder masculino e senhorial.

O deslocamento de Macabéa para o Rio de Janeiro, todavia, impôs o esquecimento desses ofícios. Quando chegou à Praça Mauá, a personagem cogitou "continuar mezinhando, cerzindo e partejando"; contudo, "o pensamento esfumaçou-se em um não pensar mais no assunto", a partir do desígnio de "experimentar o novo" e "da certeza de que deveria buscar nova profissão", uma vez que "sabia um pouco de datilografia". Disso decorreu a deslembrança dos saberes herdados – que tem, inevitavelmente, consequências subjetivas. O "tec-tec-tec" da máquina datilográfica, ao longo do tempo, "se transformou em um viciado e pobre refrão, um canto desafinado no cotidiano de seus dias", a ponto de confundir-se com as ordens do patrão, as vozes das companheiras de trabalho e mesmo a fala do parceiro amoroso, Olímpico de Jesus.

Ainda que a narradora de *Macabéa: Flor de Mulungu* ouça apenas parte da história da personagem, por ela balbuciada em sua "meia-morte", o entendimento é propiciado pela semelhança entre uma e outra. É isso o que permite à narradora constatar a falsa morte de Macabéa, como subterfúgio: "A moça é capaz de fingir de morta para enganar coveiro. É ainda bastante hábil para lidar com um pré--anunciado fim. A criatura se dá à morte, para que a infeliz não se lembre dela". Cabe perceber, no entanto, que essa não-morte resulta de uma escolha: Macabéa fica para "se parir", visto trazer em si "a potência da vida". "Mulheres como Macabéa não morrem", afirma o texto: "Costumam ser porta-vozes de outras mulheres, iguais a elas, mesmo travestidas em Glórias, e também costumam ser intérpretes das dores de homens, cabras-machos, vítimas-algozes, como Olímpico de Jesus". Assim se evidencia a inscrição de Macabéa no projeto literário de Conceição Evaristo, autora comprometida com as "Vozes-Mulheres" que, não obstante, também se abre à escuta das dores masculinas (sobretudo, através da figura de Fio Jasmim). Se, ao observar o "fio de sangue inesperadamente vermelho e rico" que escorria da cabeça de Macabéa após o atropelamento, Rodrigo S. M. constata o pertencimento da personagem "a uma resistente raça anã teimosa que um dia vai talvez reivindicar o direito ao grito", Conceição Evaristo revela a Macabéa capaz de gritar em seu silêncio. Merecem destaque, por fim, as convergências possíveis entre as trajetórias de Macabéa e de Ponciá Vicêncio, o que possibilita indagar: seria (também) Ponciá uma (outra) irmã de Macabéa?

A OBRA(-MAR) DE CONCEIÇÃO EVARISTO E (OS RIOS D)A TRADIÇÃO NEGRA: SÍNTESE E RUPTURA

Henrique Marques Samyn

Talvez seja possível afirmar que todos os rios da tradição crítico-literária negra brasileira deságuam no mar Conceição Evaristo. Mas o que isso significa?

Afirmá-lo implica reconhecer, em primeiro lugar, que a produção literária evaristiana é herdeira de uma tradição rastreável até figuras como Maria Firmina dos Reis e Luiz Gama (enquanto responsáveis por obras fundacionais no que diz respeito à construção de uma literatura comprometida com um projeto emancipatório negro) ou Lima Barreto e Solano Trindade (na posição de escritores racializados elaboradores de uma literatura explicitamente militante, ou *negro-brasileira*), a depender do termo que se determine.

Mais concretamente, entretanto, é preciso considerar que a obra evaristiana vem a lume em um momento crucial para a consolidação da literatura brasileira contemporânea *negra* (definida a partir da condição empírica de autoria). A primeira veiculação de seus textos, no décimo terceiro volume dos *Cadernos Negros*, faculta a visibilização de uma produção literária gestada anteriormente, e já difundida nas ações do grupo Negrícia, constituído no Rio de Janeiro, nos anos 1980. Todavia, a associação ao grupo Quilombhoje – atuante desde a sua fundação, em São Paulo, no primeiro ano daquela década – inscreve Conceição Evaristo em um movimento no qual escritoras e escritores negros, reorganizando-se coletivamente após um longo silenciamento imposto desde a dissolução da Frente Negra Brasileira (e na esteira da formação do Movimento Negro Unificado, em 1978), empenham-se pela construção de um espaço intelectual e editorial autônomo, buscando alcançar uma independência frente às estruturas racistas persistentes na sociedade brasileira (e que, vale lembrar, obstaculizaram inclusive a publicação dos primeiros livros de Conceição Evaristo).

Não obstante, é crucial enfatizar que as raízes da literatura evaristiana devem também ser buscadas nas palavras que permeavam o território em que nasceu e cresceu – ou seja: nas narrativas de familiares e pessoas vizinhas que produziam oralmente uma prosa-poesia, ao mesmo tempo em que realizavam serões de leitura a partir de jornais, revistas e velhos livros. Destarte, esse convívio com a contação e com a criação de histórias, a partir do contato com a palavra falada, posiciona inicialmente Conceição Evaristo como uma *outsider*: alguém que, quando estabelece contato com uma biblioteca convencional, com cerca de onze anos – a biblioteca pública na qual uma de suas tias vai trabalhar como servente –, tem condições de constatar que não apenas ali está abrigada a matéria literária. No que diz respeito à escrita, cabe recordar as anotações familiares em torno de acontecimentos cotidianos, tarefa à qual se dedicaria a própria Conceição menina, somando-se a isso o influxo da literatura de Carolina Maria de Jesus – que motivaria Joana Josefina, mãe da escritora, a produzir o seu próprio diário: há aí os elementos necessários para inscrever a obra de Conceição Evaristo no que ela mesma qualifica como uma tradição caroliniana, ignorada pela crítica literária hegemônica.

Ao ingressar no meio acadêmico, onde chegaria ao doutorado, ainda no momento em que publicava os seus primeiros textos literários, Conceição Evaristo logrou dedicar-se não apenas a estudos em torno da literatura negra, mas também à revisão crítica dos elementos racistas embutidos nas produções canônicas – o que lhe facultaria, a partir da dupla condição de escritora e crítica, redefinir as margens dos rios que afluíam para a sua obra, a partir de um entendimento de seu próprio (entre)lugar no âmbito das diversas tradições literárias que a alimentavam.

Torna-se, desse modo, possível compreender de que modo a obra de Conceição Evaristo constitui, simultaneamente, uma síntese e uma ruptura no(s) território(s) da literatura brasileira de autoria negra.

Síntese, por uma via: porque para ela convergem tanto o que se pode considerar como uma tradição literária negra, em sentido militante ou não (uma vez que, ao inscrever-se no positivo movimento revisionista instituído pelas coletividades de escritoras e escritores negros, a obra evaristiana estabeleceu um diálogo, mais ou menos explícito, com as vozes que a antecederam, ao mesmo tempo que participava dos processos de renovação que então tinham lugar) quanto o repertório preservado pelo imaginário popular negro (que lhe foi transmitido por práticas e narrativas presentes no espaço familiar, tanto oralmente quanto por escrito) e, finalmente, os protocolos de hermenêutica literária decorrentes da "viragem crítica" instaurada por intelectuais negras e negros (que, ao investir contra os estudos que versavam *sobre* o contingente negro e suas produções, ousaram implementar os parâmetros necessários para a construção de um discurso negro sobre a cultura e os modos de existência *negros*).

Ruptura, por outra via: porque, ao relacionar-se dialeticamente com essas diferentes tradições e âmbitos narrativos, Conceição Evaristo não se limitou a absorver passivamente os parâmetros impostos por nenhuma delas, em um sentido epigonal; em vez disso, empenhou-se ativamente pela construção de uma obra radicalmente inovadora – tensionando preceitos e modelos assentados; transitando por múltiplos registros que oscilam entre o ficcional, o memorialístico, o ensaístico, o lírico, o épico e o mítico, assim rechaçando fronteiras convencionalmente fixadas que poderiam suscitar uma categorização imediata ou atalhos interpretativos. Isso torna compreensível porque, ao mesmo tempo em que vem produzindo uma obra esteticamente revolucionária, Conceição tem promovido releituras e atualizações do repertório simbólico e tradicional da população negra, enquanto simultaneamente vem desenvolvendo um dos mais potentes conceitos, em termos teóricos e estéticos, da contemporaneidade: o conceito de escrevivência.

Pode-se questionar em que medida tudo isso, somando-se às estruturas racistas persistentes na sociedade brasileira, tem contribuído para a dificuldade de assimilação da obra evaristiana por muitos setores críticos e acadêmicos – que, incapazes de desvencilhar-se de perspectivas convencionais e/ou epistemicidas, não logram produzir análises ou procotolos exegéticos que deem conta de suas particularidades estéticas. Não obstante, essa impossibilidade constitui, por si mesma, um índice do singular estatuto da obra de Conceição Evaristo, como produção literária incompatível com quaisquer tentativas de inserção na tradição literária hegemônica – uma vez que, ao desafiar frontalmente os parâmetros que a constituem, visto beber de tradições que largamente a ultrapassam, revela a sua natureza indomesticável. Torna-se, por conseguinte, viável compreender a produção literária evaristiana como – para utilizar suas próprias palavras – o "cânone das margens", ou seja: como uma obra que, ao reinventar as tradições-rios que nela deságuam, ao mesmo tempo em que resguarda a sua condição inassimilável, demanda a mobilização de novos princípios analíticos e de inovadores dispositivos de leitura que possam produzir preceitos exegéticos cujas origem e fim suscitem um *enegrecimento radical* do próprio modo de se compreender a literatura – extensível, como já ocorre com o conceito de escrevivência, para quaisquer obras literárias que traduzam as experiências, as vivências e os valores de todas as formas de existência relegadas às *margens* pelas estruturas opressoras.

Esta obra foi composta em Arno Pro Light 13 para a Editora Malê e impressa na RENOVAGRAF, em setembro de 2024.